完本

小林一茶

井上ひさし

中央公論新社

目次

完本　小林一茶

一茶をめぐって

一茶との一夜

江戸時代後期の俳人、小林一茶（宝暦十三・一七六三―一八二七・文政十年）が郷里の信濃国柏原（長野県上水内《かみみのち》郡信濃町大字柏原）を後に江戸へ向ったのは、彼が十五歳の春でした。それからの一茶は、五十一歳の春、郷里に定住するまでの三十五年間、各地を転々しながら、いわゆる「貧《ひん》俳諧」の確立をめざすことになります。この「放浪漂泊の乞食俳諧師」の拠点となったのは、言うまでもなく巨大消費都市の江戸でした。本所界隈の無住の寺や社《やしろ》、あるいは裏長屋で風雨をしのぎながら、春になると上総《かずさ》、下総《しもうさ》の俳友や門人たちのところを回って、そこはかとなく生計を立てていました。

一茶は柳橋にも住んでいたことがあります。神田川が隅田川に合流するあたり、現在の旧国電総武線浅草橋駅の南側ということになりますが、あのへんに船宿がずらりと軒を並べていました。目と鼻の先が蔵前《くらまえ》です。鎌倉幕府を財政的に支えていたのはご存知のように材木問屋たちです。材木座という地名が残っていることからもそれがわかります。また秀吉を関白にまで押し上げたのも大阪堺の商人の財力でした。そして江戸幕府の経済を支えていたのが百九人の蔵前札差《ふださし》商人たちです。幕府直属の家臣である旗本や御家人の給料＝扶持米が全国の天領から蔵前の浅草御蔵《おくら》へ運ばれてくる。この扶持米を、旗本や御家人の代理人となって受け取り、それを売り捌《さば》き、やがては扶持米を低当にして旗本御家人に金を貸し付けたりもするようになりました。米の取引で儲け、その上さらに金貸しで儲けるのですから、札差の羽振りのよいことと言ったらありません。江戸時代の経済のことをよく、

「米遣《こめづか》い経済」

といいます。すなわち、米は食料としても重要でしたが、同時に諸物価（諸色《しよしき》）の基準でもあった。米が経済の中心になっていた。その米が蔵前一帯に渦巻いているのですから活気がある。柳橋もその余光を受けて賑やかでした。さて、船宿のうしろには、船宿や浅草御蔵や札差などの賑わいのおこぼれを当てにして住みついている貧民たちの長屋がひろがっていました。現在の地理で言うと、隅田川に合流する寸前の神田川を見下すベルモンテ・ホテルの左右に船宿が並んでいた。その船宿のうしろ、総武線の高架線路を中心に、南北にまたがって貧民街がありました。碁盤の目のような通りには旅籠《はたご》や食べ物屋が並ぶが、ひとつ入ると裏長屋ばかり。またこのあたりには下級の女郎屋なども多かったようです。町名は不明ですが、一茶はひところそういっ

た裏長屋を塒《ねぐら》にしていました。

こまつ座の事務所も、じつはこの柳橋にあります。筆者はベルモンテ・ホテルをよく使いますが、夜更けに事務所からホテルへ帰るさい、しばしば不思議な感懐に囚《とら》われることがある。たとえばこうです。

「伊能忠敬には、深川黒江町から毎日のように鳥越明神近くの浅草司天台（幕府天文台）へ通っていた時期がある。忠敬先生は食事をこのあたりでとっていたかもしれない。すると、いまおれの歩いている道を、百九十年前に、忠敬先生も歩いていたと考えられる」

あるいはこうです。

「蔵前に、札差で江戸俳壇の巨匠夏目成美《せいび》の店があって、そこへ一茶がよく出入りしていた。成美宅のお勝手で残りものの汁かけ冷飯《ひやめし》にありついたあと、一茶は楊子で歯をせせりながら、この道を歩いて裏長屋に帰ったこともあっただろう。またときには女中から残飯の代りに『今夜は菜っ葉一枚も残っちゃいないんだけどねえ』と剣突《けんつく》を喰わされてとぼとぼ帰る道でもあったろう」

そう思うと、なんの変哲もない夜空の雲さえいかにも由緒あり気に見えてくるのです。

ところで、この夏のある夜のこと、時刻はたしか午後十時すぎ、私は夜食用のすしの折詰を下げて事務所からホテルに向ってぶらぶら歩いておりました。台風が通り抜けたせいか珍しく涼しい晩でした。旧盆の休暇が始まっているのか、問屋街も森閑としています。林立するオフィスビルの窓も真ッ暗です。

「静かだな。こういう晩は江戸がひとしお身近かに感じられるなあ」

頬を撫でて行く夜風にも潮の香がします。その潮の香に誘われて百米《メートル》ほど遠回りする気になりました。柳橋の橋上に立って神田川や隅田川を眺め、それから神田川北岸のホテルに入ろうと思ったわけです。再三にわたって申し上げましたが、江戸後期、この神田川の両岸には、三十三の船宿がありました。幕末には浜町と並び称される花街となり、芸者の数二百五十人。橋の上に立ってしばらくすると、コンクリの岸を打つ波の音が小太鼓のように聞えはじめました。するとたちまち風の音が三弦の音《ね》に、遠くを走る電車のひびきが料亭の二階座敷のさんざめきに似てきます。

「……変った。すっかり変ってしまったねえ」

隣に、いつの間にか、男が一人立っていました。欄干に両肘をついて頬杖を支《か》っている。草鞋《わらじ》に墨染めの衣。背には網袋。衣の裾が焦げてぼろぼろ、からだ全体から火事場に立ったときのような焦げくさい匂いが漂っています。私の視線を感じたのか、

「こんばんは」

男はこっちを向いて軽く点頭しました。そのときベルモンテ・ホテル屋上のネオンサインがジジジーと唸って、稲妻のように光りました。その光が、大きな鼻と長い顎を浮び上がらせます。両眼が離れていて眉間がいやに広い。そして薄い唇――。村松春甫《しゅんぽ》が描いた一茶画像に生き写し。ちなみに村松春甫は一茶の門人の画家です。

「一茶先生……！ あなたは俳諧寺入道一茶先生ではありませんか」

「きみは井上君だね」

「は、はい」

「読みましたよ、きみの戯曲」

「光栄です。ご感想はいかがでございましょうか？ お聞かせいただければ大変参考になりますが」

「札差の夏目成美の扱い、あれは大いに気に入りましたぞ」

「ありがとうございます」

「私の評伝でも、あるいは私を主人公にした小説でも、すべて夏目成美を善人として描いている。気に入らんねえ。気に入らないというより事実に反しておる。成美との友情だと。ケッ」

唾でも吐くように次々に句を吐き、その句数、生涯で二万句を超えるといわれる大俳諧師はここでカッと痰を吐きました。

「私は成美との間にただの一度も友情を感じたことはない。『七番日記』にも書いておいたが、隅田川の向う岸、多田の森にあった成美の寮の手文庫から四百八十両という大金がなくなった事件で、やつはなんとこの私を疑ったのだよ」

「はいはい。私の戯曲『小林一茶』は、その事件を真ッ正面から扱っております。あなたは折り悪しく多田の森の寮に泊まっておいでになっていた。正確に申しますと、文化七年（一八一〇）、四十八歳の秋の、十一月二日の午後、あなたは多田の森の成美の寮随斎庵にお着きになった。たまたま成美たちは隅田川へ紅葉見物に出掛けていて留守だった。もっとも紅葉狩の一行は間もなく帰庵。あなたは成美と四方山《よもやま》話をなさって、そのあとはお休みになった。翌三日の朝、成美の手文庫から四百八十両消えているのが発見された。そして、この日から八日までの六日間、あなたは随斎庵から一歩も外へ出してもらえない。すなわち六日間の外出禁止」

「私を風呂に入れて、そのあいだに成美は妾や番頭を総動員して、私の衣服や旅行李を改めていたよ。八日に『もう外へ出てもいい』と言われて、私はこの柳橋の長屋へ帰ってきたが、成美は尾行をつけおった」

「……尾行？」

「依然として私に嫌疑をかけていたわけさ。自由にしてやれば、そのうちに四百八十両の隠し場所に舞い戻るにちがいないと、そう考えたのだ。あるいは、からだのどこか意外なところに隠し持っているのではないか、長屋で一人になったら、その隠しどころから金を出すだろうと考えた……」

「侮辱してますなあ」

「たしかに成美は私を援助してくれましたよ。だから私は彼を大切な俳友として立てていた。しかし二人の間に平等な関係は一度も成立しなかった。友情の花は平等の樹に咲くものだ。したがって二人の間に友情はなかった。旦那と太鼓持、主人と下男、慈善家と乞食、そういう関係だった。ま、『七番日記』で私は二人の関係を仄めかせておいたつもりだが、きみは見事にそれを読み当てた。感心です。ほめておきますよ」

「おそれいります」

「成美は、信州に定住した私に、こんな手紙を書いてよこしたことがある」

一茶先生は懐中から書状の束を取り出すと、中の一通を私に差し出しました。橋の袂に釣舟宿があり、その軒に裸電球が揺れております。その明かりを貰って読みました。

いよ〳〵江戸をふり向《むき》もせぬ御心《おこころ》か、とかく〳〵なつかしく存《ぞんじ》候。例の貧俳諧、貧乏人の友もなくて困り入申《いりもうし》候。匆々《そうそう》早く立戻り給はんをまつのみ。先日、谷中《やなか》の一瓢《いっぴょう》上人に招かれ、一夜泊りて俳話いたし候。其外《そのほか》、探題に、

花すすき貧乏人をまねくなり

と口吟《こうぎん》申候は、闇《あん》に先生の事をいひ出したるなり。

書状を巻きおさめながら私は、

「一見、うるわしい友情に溢れた手紙ですね」

と、感心してみせました。

「成美は貧乏人を連発していますが、貧乏人は先生の綽名だったんですか」

「ただし成美専用のね。大金持の札差の旦那が貧乏人をつかまえて貧乏人と呼んじゃいけないよ。当り前すぎて綽名にも何にもなりはしない。愚鈍なやつです」

「先生はよほど成美を憎んでいますね」

「人間というものを、人生というものを、そして世の中というものを知らなさすぎる

から、嫌いだね。私のような業俳稼業の者にとって最大最高の心得はなにか。どうかな、わかるかな」

「……さあ」

「たとえば俳諧行脚《あんぎゃ》。師匠の紹介状を持って各地の有名俳人を訪ね歩く。むろん金はない。甲地の有力者の許で只飯《ただめし》を喰わせてもらいながら勉強し、さらに乙地の有力者を紹介してもらう。乙地へ行けば、こんどは丙地へ縁故をつけてもらう。そうやって全国を行脚するわけだ。私も三十代に七年かけて西国大旅行を行ったが、その際、どんなことに一番気をつけなければならなかったか」

「健康第一、でしょうか」

「平凡すぎて答にならんな。私は毎年のように房総の俳人や門人衆のところを訪ね歩いている。どこでも『おや、今年も一茶先生が巡ってこられる季節になりましたか。どうかゆっくりくつろいでいって下さいまし』と歓迎してくれる。いったいどうしたらそういう知己をふやすことができるか」

「実力があること……」

「ちがう。業俳の最大最高の心得は、盗むべからず、ということだ」

「盗むべからず……?」

「そうとも。他人《ひと》の金品を盗ってはいかん。他人の妻、娘、そして女中や下女を盗ってはいかん。銭一文、本一冊、下女一人盗っても、噂はたちまちにして広まり、その分だけ世界が狭くなる。甲地の有力者はもうどこへも紹介してくれないだろうし、乙の村は次の年からその業俳を迎え入れようとしないだろう」

「なるほど」

「随斎庵事件のときの私の年齢《とし》は四十八。ということは、かれこれ三十年近く業俳生活を送ってきている勘定になる。つまり三十年も業俳がつづけられたのは……」

「その間《かん》、一茶先生は盗むことだけはしなかった？」

「その通り」

「成美はそういうことさえ知らずに一茶先生をうたがった？」

「その通り。だから怒っているわけさ」

一茶先生は鳥越明神のあたりの夜空をじっと眺めています。筆者はうきうき。なにしろ、「一茶と成美とのあいだには、巷間で伝えられているような熱い友情は成立していなかった」というあてずっぽうに一茶先生本人が「然り」と頷いてくれたのですから、大事な試験にヤマをかけて満点とったときのようにうれしい。うれしいついでにもっと突っ込んだことをたずねてみようと思って、

「先生はからだが丈夫だったそうですね」

と質問を呈しました。

「業俳は頑健でないとつとまらないからね。額に汗して働くことをせず十七の閑文字をひねくりまわしているだけだから定収入というものがない。つまり喰うや喰わずの毎日がつづく。お金をいただくにしてもすべて先方様の気持次第、だから気も使う。並みの健康では、業俳をつづけるのはむずかしい」

「性格的にしつこかったという説もありますが」

「成美に疑われたことをいまだに恨んでいるぐらいだ。その説は正しいかもしれないね」

「四十歳近くになって先生の父上が亡くなられましたね」

「悪性の傷寒《しょうかん》だった。いまで言えばチフスの一種だろうか」

「先生は父上の死に至るまでを『父の終焉日記』にお書きになった。あれを拝読して、私も失礼ながら先生はしつこいと思いました。『幼いころに父のもとを離れ、そのために親孝行できなかったのは、みんな継母が悪いのである。継母がやさしくしてくれていたら自分は江戸へ出なかったろう』と先生はお書きになっている。四十近くにもなって、なんてしつこいのだろう。だれだってそう思いますよ。さらに先生はこうもおっしゃっている。『父は息を引き取る間際に、遺産を半分やると言い残した。したがってここの家の財産の半分は私のものである』。しかも先生は十年後に父上の遺言を実現なさった。これを継母のさつさんや異母弟の仙六さんの側に立って見ると、『なんてしつこいやつなんだろう』のひとことにつきると思いますよ」

「筋を通したのだよ、私は」

「じつはですね、世の中には一茶嫌いが大勢いるんです」

「そりゃいるだろうさ」

「それで一茶嫌いの人たちの大半は、先生のこの時期のしつこさに引っ掛かっているんです。私にしてもそうでした。弟の仙六さんは働き者です。一所懸命に働いて、田畑合せて六石ちょっとの中流農家を二倍近くも大きくしました。そのへんのことについては先生の研究家である矢羽勝幸《やばかつゆき》さんが編まれた『一茶の総合研究』(信濃毎日新聞社)に詳しく出ていますが、それによると、かつての中流農家が村内でも十四、五位の大高持に上昇している。それを江戸からひょこりやってきて、『半分は私のものだ』は、正直なところ少し虫がよすぎます」

「小林家の正統なあととりは私なのだよ。仙六なんぞ後妻の子にすぎない。それに田畑は三と五の割合で分けた。むろん私が三です。つまり二だけ仙六の働きを認めているわけだ。正確に二分《ぶん》したのは家と屋敷地だけだ」

「仏壇は先生がとったでしょう」

「小林家を継ぐべきものが仏壇を引き継ぐ。これは当然だろうが」

「仙六さんは、この仏壇については抵抗したそうですね」

「うむ。あいつもしつこいからな」

「しかし先生のしつこさの方が勝った。先生のしつこさは、故郷定住後の結婚生活にもよくあらわれていますよ。定住して一年後、先生は初めて奥さんをお迎えになった。先生の『七番日記』によりますと、たとえば文化十三年八月の、その、つまり交合回数は三十回です」

一茶先生は少しいやな顔をなさった。が、それには構わず、筆者は交合回数を唱えました。

六日　キク月水
八日　夜五交合
十二日　夜三交
十五日　三交

十六日　三交
十七日　夜三交
十八日　夜三交
十九日　三交
二十日　三交
二十一日　四交

唱えている途中で一茶先生が両国橋の方へ歩き去ろうとしたので、衣の裾をつかまえ、「興味本位で言っているわけではありません」

と橋の上へ戻ってもらいました。

「先生は女性のからだが珍しくてキクさんにしつこくしたのではなかった。そうでしょう」

「うむ」

「小林家の正統は、先妻くにの子どもであるこの自分だ。小林家の正統である自分の血をキクのからだをかりてのこそうと、先生はしつこくなさったのです」

「その通り」

「先生はしばしば野山に出かけて、強精薬になる草や根を摘んだり掘ったりなさっている。たいへんでしたね」

「ああ。だから『キク月水』と記すときは悲しかったよ。つまり月水があるということは、キクが懐妊していない証拠なのだからね」

「こうしてみると、先生のしつこさには方向性があったんだ。先生とお話できたおかげで、それがはっきりとわかりました。収穫でした」

「……方向性ってなんだね」

「自分は小林家の正統である。そのことを立証しようとするときに限って先生はしつこくなる」

「なるほどな」

「棒切でつついておくや庵の畠」

「うむ？」

「先生の御作です。もたいなや昼寝して聞《き》く田うへ唄」

「それも？」

「先生の御作。先生はほんとうはものぐさの怠け者なんだ。秋の夜や障子の穴が笛を吹《ふ》く。破れ障子を貼りかえるのも億劫なほどのものぐさ。ただし小林家と成美のこととなると俄然しつこくなる。そういうことだったんです」

「少し自分のことがわかってきたよ。よほど口惜しかったんだろうな、幼いときに故郷を追い出されたのが。だから小林家にこだわったのだ。成美に疑われたのも口惜しかった。だからこうして今もこだわっている。つまり、人間は口惜しいと思ったことにはしつこくなるものらしい」

「……しかし皮肉ですね」

「なにがだね？」

「先生はキクさんに先立たれ、再婚には失敗なさった。そしてお亡くなりになる前の年、六十四歳の秋に三度目の結婚をなさった。すべて小林家の正統を得るためでした。ところが、キクさんとの間にもうけた三男一女はつぎつぎに夭逝《ようせい》してしまう。そして三度目の奥さんのやをさんがやたというお嬢さんを生んだのは、先生の没後でした。やたは先生の幼名弥太郎にちなんでつけられたのですが、とにかく先生は生きている間はご自分のあとつぎを得ることができなかった。他方では、先生はご自分の作品が後世に残るとは思っていらっしゃらなかった……」

「思っていたら、日記のあちこちを墨で消したさ」

「でしょう。だから皮肉なんです。思っていたことは実現せず、思っていなかったことが実現する」

「人生だね」

「正にその通りです。ところで先生はこれからどちらへ?」

「昔、住んでいた長屋のあとを訪ねようと思っている。それから成美の店の前に小便して帰る。長屋は旅籠《はたご》町一丁目の吉助店《だな》というのだが、知らないかね」

「さあて、このへん、ただ、のっぺらぼうに柳橋といっていますから……」

「奥州街道はどこだ?」

「それなら知っています」

一茶先生を表通り、俗に大江戸通りと呼ばれている通りへ案内しました。一茶先生は神田川に架かった大橋の上に立って、

「日本橋の方角から来て浅草御門《ごもん》を入ると、すぐこの橋があった。ここから一間二歩の歩幅で歩いて二百五十二歩、そこで右に入ってさらに九十七歩。そこが旅籠町一丁目だ。旅籠が四軒並んでいて、三軒目のところに路地がある。路地の奥が吉助店の木戸だ」

「歩幅で見当つけるわけですか。なんだか伊能忠敬先生のようですね」

「推歩《すいほ》先生のことだな」

「はい、綽名が推歩」

「私が西国行脚から戻ってきてすぐの頃、推歩先生の歩測しながら歩く姿はこの界隈の名物になっていた。物好き連中はそれを真似て推歩式に歩いたものだよ。私もそのうちの一人だったのさ。浅草司天台の変人！　なつかしいな」

そんなことを言いながら一茶先生はすたすた歩きはじめました。たしかに忠敬先生が司天台の天文方高橋至時《よしとき》について星学（天文学）を学んでいた時期に、一茶先生は足かけ七年にわたる西国大旅行をおえて江戸へ引き上げております。忠敬先生とこのへんですれちがっていた可能性はじつに高いといわなければなりません。なにしろ司天台と成美の店は一丁とはなれていないのですから。いや、二人は絶対に会っている。札差たちの事務局で成美が重役として詰めていた御改正《ごかいせい》会所は司天台と隣り合って建っていましたから。

「ここで右に折れる。まっすぐ行くと蔵前の成美の店だが、そっちは後まわし……」

一茶先生は三菱銀行の角を右に曲りました。そのときから筆者の膝はがくがくになってしまった。なぜかと言いますと、その通りにこそほかでもない「こまつ座」の事務所があるからでした。

「ここだ」

一茶先生が煉瓦外装のビルの前で立ちどまりました。

「この建物の奥が吉助店だ」

「なんという奇縁でしょうか。先生の評伝劇を上演しようとしている劇団の事務所もここなのです。先生、お入りください。お茶をさしあげます。すしをたべましょう。柳橋芸者にもきてもらいます……」

一茶先生の手をとろうとしたとき、あたりにいっぺんに火の粉が降ってきました。見るとそれは何千何万の大蛍です。あたりが真昼のように明るくなりました。がしかしそれも一瞬、大蛍は一茶先生のまわりに集まってきて一箇の火の玉になり、そのまま蔵前の方角へ飛び去ってしまいました。どこか高みから一茶先生の声が聞えてきたような気がします。その声はたしか、

「夏の夜に旧住居《ふるすまい》見て涙かな。公演の成功を祈る」

と言っていたようでした。


あくる日、信州の知人から新聞記事がファックスで届きました。それを読んで前夜の夢のような出来事の謎が半分ぐらい解けたなと思いました。それはこんな記事でした。

《十一日午後九時前、上水内郡信濃町柏原の一茶郷土民俗資料館の一号館の屋根から火が出ているのを、近所の人がみつけ、一一九番通報した。地元消防団などが出動して消火にあたったが、かやぶき屋根の古い建物のため、二時間以上燃え続けた。落雷が原因とみられる。

一茶ゆかりの資料などは隣接の一茶記念館などに保存してあり、無事だった。

資料館は、小丸山公園の中にあり、財団法人一茶郷土民俗資料保存会（中村竹代理事長）が運営している。昭和六十年、町内の江戸時代の旧家を移転復元した一号館と、新築した二号館がある。中には、住民が寄贈した古い農機具や戸棚、わら細工などの生活道具を中心に約五千点が展示されている。燃えたのは屋根の一部だけだが、内部も水をかぶった。

近所の人などの話だと、出火当時は雷を伴う激しい雨が降っていた。大きな落雷の音が聞こえた直後、資料館の屋根が真っ赤に燃え上がっていたという。》（『信濃毎日新聞』一九九〇年八月十二日付）

（『the座』16号・一九九〇年九月）

キク月水

小林一茶を主人公にした戯曲を書くために年末年始は『一茶全集』(信濃毎日新聞社)にしがみついていた。全集を通読するのはこのたびが三回目だが、今回は『七番日記』でつまずいたきり、一歩も先へ進めない。日録を兼ねたこの俳句帖に「キク月水」という記述がどうしてこうも多いのか。そのことをあれこれ考えて先へ進めなくなってしまったのだ。キクとは、ごぞんじのように一茶が五十二歳にしてはじめて迎えた妻の名である。月水とはメンスのことだ。この『七番日記』は、妻との交合回数が克明に記されていることで名高い。たとえば妻を迎えて三年目の文化十三年(一八一六)八月は、「六日 キク月水/八日 夜五交合/十二日 夜三交/十五日 三交/十六日 三交/十七日 夜三交/十八日 夜三交/十九日 三交/二十日 三交/二十一日 四交」と、都合三十回も、キクと共寝をしている。この前後には野山に出かけて行き、強精薬になる草や根を摘んだり掘ったりしているし、前二回は「五十四歳にしてはじつにお盛なことだ。きっと女の軀というものが、一茶には珍しかったのであろう」と考えて、すらすら読み過してきた。がしかし、ほんとうにそうだったのだろうか。やるのが好き、というのであれば、交合の回数を記すだけでよい。なぜ、妻の月水にそうこだわるのか。

散々に考えた末、これこそ一茶の正統意識というやつではあるまいか、と結論をだした。壁ひとつへだてて弟の仙六一家が住んでいる。仙六は、一茶が捨てざるを得なかった小林家を継いでいる。だが仙六は、父親こそ自分と同じ小林弥五兵衛であるが、母親がちがう。弥五兵衛の後妻さつが仙六の母親だ。この仙六を小林家の正統といい得るか。断じて否である。小林家の正統は、先妻くにの子どもであるこの自分だ。一茶はこう考えたのではなかろうか。そして小林家の正統である自分の血を、キクの軀をかりてのこそうと交合にはげんだのではないか。

となると「キク月水」と記すときの一茶の顔色は、はなはだ冴えないものであったに相違なく、これまでわたしがそのときの一茶を〈女の生理がもの珍しくて仕方のない、ぎとぎと脂切った初老の男〉とみていたのは皮相な見解にすぎぬものとなる。「キク月水」の四文字に、（やれやれ、あんなに励んだのに、わたしの血がまた流れてしまった）という一茶の悲しみが滲み出ているわけで、こういう小さな発見のあるあいだは、とても怖くて一茶の戯曲に筆をおろすことなぞなかなかできるものではない。

（『オール讀物』一九七九年三月号）

一茶百句——井上ひさし選

三《さん》文《もん》が霞見にけり遠眼鏡《とほめがね》　（霞の碑）

門《かど》の木も先《まづ》つゝがなし夕《ゆふ》涼《すずみ》　（寛政三年紀行）

馬の屁《へ》に目《め》覚《ざめ》て見れば飛《とぶ》ほたる　（寛政句帖）

しづかさや湖《こ》水《すい》の底の雲のみね　（寛政句帖）

船《せん》頭《どう》よ小便無用浪の月　（寛政句帖）

君が世や茂りの下の那《（耶）や》蘇《そ》仏《ぼとけ》　（寛政句帖）

蚊を焼くや紙《し》燭《そく》にうつる妹《いも》が皃《かほ》　（寛政句帖）

秋の夜や旅の男の針《はり》仕《し》事《ごと》　（寛政句帖）

思ふ人の側《そば》へ割込む巨《こ》燵《たつ》哉　（寛政句帖）

初夢に古郷《ふるさと》を見て涙哉　（寛政句帖）

もたいなや昼寝して聞《きく》田うへ唄　（書簡）

うつくしき団〔扇〕《うちは》持《もち》けり未亡人《みばうじん》　（享和句帖）

秋雨《あきさめ》やともしびうつる膝頭《ひざがしら》　（享和句帖）

夕桜《ゆふざくら》家ある人はとくかへる　（享和句帖）

北しぐれ馬も故郷へ向《むい》て嘶《な》く　（享和句帖）

ざぶり〳〵〳〵雨ふるかれの哉　（享和句帖）

不相応《ふさうおう》の娘もちけり桃の花　（享和句帖）

僧正《そうじやう》が野糞《のぐそ》遊ばす日傘《ひがさ》哉　（文化句帖）

我《わが》星は上総《かづさ》の空をうろつくか　（文化句帖）

秋の夜や隣を始《はじめ》しらぬ人　（文化句帖）

木がらしや地びたに暮るゝ辻諷ひ　（文化句帖）

艸《くさ》蔭《かげ》にぶつくさぬかす蛙哉　（文化句帖）

春の月さはらば雫《しづく》たりぬべし　（文化句帖）

壁《かべ》土《つち》に丸め込まるゝ菫《すみれ》哉　（文化句帖）

年よりや月を見るにもナムアミダ　（文化句帖）

耕《たがや》さぬ罪もいくばく年の暮　（文化句帖）

古《ふる》郷《さと》や餅につき込《こむ》春の雪　（文化句帖）

艸《くさ》花《ばな》をよけて居《すわ》るや勝《かち》角《ずま》力《ふ》　（文化句帖補遺）

心からしなのゝ雪に降られけり　（文化句帖）

白《しら》魚《うお》のどつと生るゝおぼろ哉　（文化句帖）

名月の御覧の通り屑《くづ》家《や》也　（日記断篇）

蝶とぶや此世に望みないやうに　（文化句帖補遺）

門《かど》々の下《げ》駄《た》の泥より春立《たち》ぬ　（七番日記）

それなりに成仏とげよ蝸牛《かたつむり》　（七番日記）

暮《くれ》行《ゆく》や雁とけぶりと膝がしら　（七番日記）

初空へさし出す獅子《しし》の首《かしら》哉　（七番日記）

春《はる》雨《さめ》に大《おほ》欠《あ》〔伸《くび》〕する美人哉　（七番日記）

がり〳〵と竹かぢ（じ）りけりきり〴〵す　（七番日記）

細長い春風吹や女坂　（七番日記）

どか〳〵と花の上なる馬ふん哉　（七番日記）

亡《なき》母や海見る度《たび》に見る度に　（七番日記）

いざいなん江戸は涼みもむつかしき　（七番日記）

けふからは日本の雁《かり》ぞ楽に寝よ　（七番日記）

是《これ》がまあつひの栖《すみか》か雪五尺　（七番日記）

春《はる》雨《さめ》や喰《くは》れ残りの鴨《かも》が鳴《なく》　（七番日記）

春風に尻を吹《ふか》るゝ屋《や》根《ね》屋《や》哉　（七番日記）

名月や家より出《いで》て家に入《いる》　（七番日記）

大の字に寝て涼しさよ淋《さみ》しさよ　（七番日記）

蟬なくや我《わが》家《や》も石になるやうに　（七番日記）

蚤《のみ》の迹それもわかきはうつくしき　（七番日記）

下《げ》〳〵も下〳〵下々の下《げ》国《こく》の涼しさよ　（七番日記）

人来たら蛙《かへる》となれよ冷し瓜　（七番日記）

投《なげ》出した足の先也雲の峰　（七番日記）

山《やま》里《ざと》は汁《しる》の中迄《まで》名月ぞ　（七番日記）

うつくしやせ(しや)うじの穴の天〔の〕川　（七番日記）

あの月をとつてくれろと泣《なく》子哉　（七番日記）

連のない雁はさつさと帰りけり　（色紙）

棒切でつゝいておくや庵の畠　（七番日記）

我と来て遊ぶや親のない雀　（句稿消息）

ふんどしに笛つゝさして星迎《むかへ》　（七番日記）

大《だい》根《こ》引《ひき》大根で道を教へけり　（七番日記）

鼻先に飯《めし》粒《つぶ》つけて猫の恋　（七番日記）

涼《すず》風《かぜ》の曲りくねつて来たりけり　（七番日記）

猫の子がちよいと押《おさ》へるおち葉哉　（七番日記）

夜あけまで具合のわるきふとん哉　（鼠道行）

湯《ゆ》入《いり》衆《しゆ》の頭かぞへる小てふ哉　（七番日記）

痩《やせ》蛙《がへる》まけるな一茶是《これ》に有《あり》　（七番日記）

寝返りをするぞそこのけ蛬《きりぎりす》　（七番日記）

ふしぎ也生《うまれ》た家でけふの月　（七番日記）

云《いひ》ぶんのあるつらつきや引《ひき》がへる　(七番日記)

遊女めが見てけつかるぞ暑い舟　(七番日記)

我家はどうかすんでもいびつなり　(七番日記)

木曽《きそ》山に流入《ながれいり》けり天の川　(七番日記)

秋風や小さい声の新乞食《しんこじき》　(七番日記)

大猫の尻尾《しっぽ》でじやらす小てふ哉　(七番日記)

這《は》へ笑へ二ツになるぞけさからは　(七番日記)

目出度《めでた》さもちう位《くらゐ》也おらが春　(おらが春)

おれとして白眼《にらみ》くらする蛙《かはず》哉　(梅塵八番)

雀の子そこのけ〳〵御馬が通る　(八番日記)

御仏《みほとけ》や寝てござつても花と銭《ぜに》　(八番日記)

戸口《とぐち》から青水《あをみ》な月の月夜哉　(八番日記)

大螢ゆらり〳〵と通りけり　（おらが春）

極楽に片足かけて夕涼　（八番日記）

蟻の道雲の峰よりつゞきけり　（八番日記）

ともかくもあなた任《まか》せのとしの暮　（おらが春）

遠《とほ》山《やま》の目玉にうつるとんぼ哉　（八番日記）

つ（ず）ぶ濡《ぬれ》の大名を見る巨（炬）燵《こたつ》哉　（八番日記）

やれ打な蠅が手をすり足をする　（梅塵八番）

有明のすてつぺんからほとゝぎす　（梅塵八番）

隙《ひま》人《じん》や蚊が出た〳〵と触《ふれ》歩《ある》く　（文政句帖）

稲《いな》妻《づま》やかくれかね［た］る人の皺《しわ》　（文政句帖）

春立《たつ》や愚《ぐ》の上に又《また》愚にかへる　（文政句帖）

僧になる子のうつくしやけしの花　（文政句帖）

宵《よひ》過《すぎ》や柱ミリ〳〵寒《かん》が入《いる》　（文政句帖）

寝《ね》咄《ばなし》の切《きれ》間《ま》〳〵を団扇《うちは》哉　（文政句帖）

淋《さび》しさに飯をくふ也秋の風　（文政句帖）

やけ土のほかり〳〵や蚤さは《（わ）》ぐ　（書簡）

花の影《（陰）》寝まじ未来が恐《おそろ》しき　（句帖写）

ねがはくば念仏を鳴け夏の蝉　（文政版）

念仏に拍子付たる霰《あられ》哉《かな》　（自筆本）

（『the座』16号・一九九〇年九月）

一茶・息吐くように俳諧した人

金子兜太×井上ひさし

遊俳と業俳

金子　あなたのお書きになった戯曲『小林一茶』を拝見してますと、ちゃんと事実に基づく根拠があるんで感心しました。例えば大川立砂《りゅうさ》の所にいたとか。ただ、あの中に立砂の姪が一茶の恋人という設定がありますね。あれは何か根拠があったんですか。

井上　僕の住んでいる市川は松戸の隣ですけど、その松戸に昔栄えた馬橋という所があります。そこへ行って大川立砂、当時、油屋をしていた人ですけれども、かなり懸命に調べてみました。が、詳しいことはわかりません。だからあれは全くのフィクションです。そこで立砂にも姪の一人ぐらいはいただろうと発想しました。

金子　あの大川の家の二階の場面は面白かったですね。姪とのこと。それと、それから後に演じられる花嬌《かきょう》との一種の濡れ場がね。

井上　花嬌という上総富津の女流俳人、大富豪の未亡人と一茶との間に恋を持ち込んだことには、専門家の立場からごらんになれば問題があると思いますが。

金子　いや、案外あんなところじゃないかと思いますよ。ただ子孫の方などは一茶とのああいう関係は嫌がりますね。あんな乞食俳諧師など寄せつけなかった、てなところがありますからね。

井上　本当にたいへんな家柄なんですね、花嬌の家は。何でも四つの郡《こおり》の大地主だったそうで。将軍家へも金を貸していたといいますし。

金子　そうなんです。それと、あの戯曲をずっと動かしていく俳諧師がいましたね、竹里《ちくり》という。モデルになるような人物はいたんですか。

井上　ええ、竹里は一茶の日記の中にちょっとだけ出てくるんです。文化三年（一八〇六）、一茶四十四歳の十一月二日の「今日、越後の行脚俳人で竹里というものが泊って行った」というような記事でした。その頃一茶は本所相生町の借家にいたのですが、僕はこの「行脚俳人」というところに興味を待ちました。一茶も行脚俳人のようなものです。ひょっとしたら下総や上総で二人は会っているかもしれない。そう思っていますと『一茶全集』が出まして、その第八巻に『名なし草紙』（翻刻・矢羽勝幸）

という竹里の本が載ってるんですね。夏目成美が序文を書いていまして。そこで竹里を一茶のライバルに設定して、三島（静岡）の妙法華寺で一茶の亡くなる一年前に死んだというところまで調べて書いたんです。

ところが戯曲を発表したあと、長野丸子実業教諭（当時）で一茶研究家の矢羽勝幸さんが、僕の芝居をごらんになったらしく、『長野』という郷土雑誌を送って下さいました。一茶特集号で、その中に矢羽さんが「一茶と竹里」というじつに詳しい竹里の評伝をお書きになっていた。それを読んで僕は竹里という俳人のことを本当に本格的に知ったわけで、最初は一茶の日記の中の一行の文だけだったんです。

金子　なるほど。竹里という名前が僕もチクリときてたんだけど、やはりそうだったんですか（笑）。あの竹里の設定で、戯曲が大変立体的になりましたね。

井上　竹里がいないとちょっとあの芝居は成り立たなかったでしょうね。それから、これはまず最初にお話ししなければならなかったんですが、僕の場合、桑原武夫さんの「第二芸術論」に非常に影響されましたが、実はあの後、金子さんの批判があるんですね。第二芸術論からは音韻論が抜けているという批判ですが。五年ほど前でしたか、先生の著書を読んでその通りだと思いまして、それで第二芸術論をやっと卒業したんです。

俳句についてはほとんど知らないに等しいんですが、あの夏目成美という人が前から、他のことで僕の読む江戸期の書物にちょくちょく出てきていたんです。井筒屋八郎右衛門という札差《ふださし》の大旦那が成美なんですが、伊能忠敬なんかを調べてみますと、浅草蔵前に幕府の天文台があって、そこへ忠敬が毎日深川から天文学を勉強しにやってくる。そして毎日、井筒屋の前を通るんですね。この井筒屋はあんまりやり方があくどいので、寛政の改革の時にとっつかまってしまいますが、足が悪くしかも俳句の大家だというので許されている。見かけは酷く陰気で嫌な男だ、という幕府の記録が残っています。

僕は俳句は全く知らないので、井筒屋八郎右衛門なる金儲けの親玉のような人物とつきあっているつもりでいると、ある日その親玉が夏目成美だとわかってびっくりしてしまいました。幼稚な話ですが、あるとき二人の人物がフッと同一人物だとわかり、それで遊俳というものが僕の物書き生活にもひきつけてふくれ上がってきたんです。この悪玉のような俳人が遊俳。一方、一茶は業俳。僕も言ってみればしがない業俳。では一茶と成美の関係を突っ込んで、ものを書くということを根元から考えてみよう……。あの芝居の成立過程というのは、そんなところでしょうか。

金子　なるほどそうですか。でも一茶という人物にも勿論興味を持っていたんでしょう。

井上　ええ、持っていました。ただ、かなり長い間一茶という俳諧師については低い点をつけていました。僕は山形の農民の小倅のようなものです。それが東京に出てくると、ちょうどフランスで日本人同士が会うとお互いに嫌な感じになるみたいに、都会に出てまで、まだ土くささというものを持っている人が好きじゃないのですね。自分を鏡にうつしてみるようなものだから、同類を見るのは苦痛なのです。かえって山東京伝とか吉原とか歌麿とか江戸文化というような、しゃれた方へ憧れていく。ですから江戸に出てきた人たちを、全部軽蔑していたような時期があります。

それから、教科書に載るような俳諧師なんかつまらないとも思っていました。そのくせ、あの『七番日記』の有名な「交合の記録」を読んでいると、教科書の一茶と性交の回数を必死になって記録している一茶とがどうしても結びつかなくて、こりゃインチキくさいとか言ったりもしていた。そこで最初は俳句そのものをからかおうというところから始まったんですが、勉強するうちにそうもいかなくなってきました。『一茶全集』などを読んでいくうちに、ぐいぐい引きつけられていった。一茶の、江戸にしがみつきたいという、当時最大の消費都市の中で何とかそのおこぼれにあずかってひとかどの宗匠になりたいというあせりと、僕が田舎に帰りたくなくて、東京で何とか物書きとして食っていきたいということが重なってきました。だんだん人ごとではなくなってきて、最後には一茶を非常に愛してしまっていた……。

金子　なるほど、さきほど言われた遊俳としての成美に対する興味は、生粋の都会人に対する興味にも繫がりますね。片やもりもりやろうとしている田舎出の業俳への賛否を含めた興味もある。

井上　時期的にはもっと前になりますが、札差たちが吉原を支えていたという感じがありますね。江戸文化の華、歌舞伎のパトロンになっていた。そういう所から憧れて入ったんですが、なかなかどうして札差は徹底的に農民を遠隔操作でギリギリ絞り上げている。そうするとこっちも農民出ですから、こん畜生という気になってくる(笑)。そんなふうにして三年ぐらいの間、一茶をごちゃごちゃ調べているうちに大転換があったわけです。

金子　そういえば、あの一茶にはあなたの自画像のような感じもありますね。終わりの方に行って五十嵐から「田舎へ帰れ」とか色々言われますが、あのへんの感覚もね。

「椋鳥」から俳諧師へ

金子　今度お書きになった『下駄の上の卵』も多分にそういうところからの発想があ

るんじゃないかな。

井上　あれも山形県南部の子供が軟式野球の健康ボールを探しに東京に出てきて、地獄めぐりをしてしまうという話です。山形の寒村も地獄であるわけですが、都会の地獄より人の顔がはっきり見えるという一点でまだましです。煉獄ぐらいだなという感じがしますね。都会は匿名制といいますか、名前がなくなってしまうという最大の恐ろしさがありますから、やはり死ぬときは東京から離れて死にたいという気持ちがありますね。

金子　一茶が十五歳で江戸に連れ出されてきますよね。そして、まもなく浅間の大噴火があったり、洪水があったりする。物価は上がる。僕は『下駄の上の卵』を読んだときに、一茶が直面した江戸と似た状態を感じました。ちょうど戦争直後でしょう。今おっしゃった顔が見えないという感じは、江戸に出てきた一茶が痛感したことじゃなかったのかなあ。すべてが画一化されて映る世界……。

井上　それで、その顔の見分けがつくと例の「椋鳥《むくどり》」です。自分と同じように皆下男とか薪割りとか、最下層の労働者としてほとんど根なし草のように生きている。

時代はその五十年ぐらい前になりますが、平賀源内の場合も一茶と同じような焦りがあったと思います。地方出身者が都会の人に互して、そしてそれを超えてゆくにはどれだけストレスが溜まり、どれだけウソが要求されるか、というようなところがあったんじゃないでしょうか。

金子　確かにあったでしょうね。あなたはそれを両方ともとてもユーモラスに、いやユーモラスというより、もっとたっぷりと諧謔味豊かに書いておられる。どちらもあったかい感じですね。『小林一茶』にしても『下駄の上の卵』にしても。

井上　やはり「一茶がんばれ」「地方出身者負けるな」といった感じになってしまいますね。

金子　研究者のなかには、江戸谷中《やなか》の書家の奉公人のところに、十五歳の一茶は寄越されたと言う人もいるが、いずれにしても使い走りでしょうね。

井上　そうでしょうね。届け物をしたり、せいぜいいい仕事といっても墨を洗ったりする位でしょう。僕の疑問ですが、一茶は一体どこで俳諧を習ったんだろうか。柏原にいるときに、本陣に長月庵若翁という有名な俳人がきたりして、柏原の大人たちに俳諧熱はあった。だから好きになる素地はあったと思うのですが、江戸に出てからの少年時代、六〜七年ぐらいわからないですね。

金子　ええ。どうやらチラホラと句らしきものが文献に出てくるんですが、でもあれも研究者の丸山一彦さんあたりに言わせると、どうもぴったり合わないところもあって。菊明なんて号でやっていたこともありますが、菊明という号の人が他にもう一人いたという説もありましてね。

井上　天才といいますか、そのエネルギーや才能は、命さえあれば、それを持っている人は必ずいつかは出すと思いますが、一茶がどこでどういうふうに俳諧の道を選んだのかということが、僕にはまだよくわからない。それで、懸賞句会に深入りして行って……というようなことを考えたのですが。

金子　懸賞句会で竹里と出会って、竹里が立砂に紹介するんでしたね。あれもひとつの推理可能な経緯ですが、僕が考えているのは、大島蓼太《りょうた》という人がいますね、あれが一茶と同郷人ですね。それから加舎白雄《かやしらお》も同郷人ですが、特に蓼太に可愛がられた形跡がある。僕は蓼太が一茶を俳句に導いていった人ではないかと思うんですよ。

井上　なるほど、大島蓼太でしたか。

金子　でもそれじゃあ話としては面白くない。竹里の方がずっと面白いですよ。それから、竹里と一茶の掛け合いのところで、あなたが句を作ってますね。ご自身の創作のやつ。あれが面白い。

井上　あれはただひたすら金子兜太という方のお書きになった、「俳句は韻律である」とか「旬《しゅん》のものがなくなっている時代に、季語にこだわる必要はない」とか、特に印象に深いのが「俳句は三区である。それをきちっと使ったり、跳び越えたり、つなげたりしながら、それで何かを見るんだ」ということばですが、その応用なんです。僕なりに「三段跳び」と名前をかえまして、上五でポンと跳んで、まん中ですごく跳んでゆくような感じ、例えば金子さんの「暗黒《あんこく》や関東平野に火事一つ」の句。「荒海や佐渡に横たふ天の川」のように大きな感じがしますが、あれも「暗黒や」のところでは全然わからなくて、跳んでいないという感じなんですが（笑）、「関東平野に」でステップがぐーんと伸びて、「火事一つ」できれいにまとまるというような、そういう分け方で俳句を考えてきたんです。

金子　なるほど、中七を跳躍台に使うんですね。

井上　日本で一番短い詩、いや詩というよりも僕にとっては、ことばそのもの。それぞれの人が日本語の響きをどう耳で受け止めているか、という興味があります。

和歌というのは、どうも僕は三段跳びではなくて、十種競技というか、ダレたマラソンという気がするんです（笑）。和歌もいいんですが、俳句にはかなわない。もっとも僕は和歌がワカラナイというせいもありますが、あれだけ短いものが一方にあったら、あとはすごく長いもの、例えば源氏物語、そういう対比しかないんじゃないか。まあ中間がかすんでくるというだけの話ですが。

一茶のモラトリアム

井上　成美の多田の森の寮で四百八十両なくなって、一茶が禁足を喰らうことが句日記に出てきますね。あとで犯人は見つかりますが、あのへんはあまり諸家に確答のないところなんですね。僕は札差の方ばかり調べてましたから、「札差であった成美は」という書き方をしましたが。俳句史家は俳人の方に重量をかけるのがあたり前ですけれども、僕の方はむしろ井筒屋という権謀術数ただならない人物、例えて言えば、ナチスの収容所長が夜にはベートーベンをうっとりとして聞いて、翌朝には「殺せ」と命令を出す。芸術と実際の仕事が全然かみ合っていない、そんな精神構造が成美にもあるんじゃないかと思った。札差の成美に重点がかかりすぎているんです。そういう意味では、俳句史家の極端さと見合った極端さということで、本当はその中間ぐらいが正しいと思います。

金子　いや、あんがい当たってるんじゃないですか。あんな上品な句が作れるというのは相当な悪ですよ。上品すぎますね、成美の句は。

井上　上品すぎるのは相当な悪。名言ですね。子規の『俳句分類』を見ると、そっくり同じ句とか、一字だけ違う句とかが並んでいますね。なかでは、成美の句がやたらに多いのです。先人の名句と一字違い、二字違いの句を成美はたくさん作っている。これはひょっとしたら盗作専門なんじゃないかと、色眼鏡をかけてしまいまして(笑)、成美をだんだん貶めていった……。
　引用は、文学にとって大事な方法であるという考えは、この数年日本でも定着してきましたが、はっきりパロディとわかる句ならともかく、これは一生懸命作ったものですと言いながら一字しか違っていなかったりした場合、当時としてはどんな扱いを受けたのでしょうか。

金子　そうですね。僕はかなり厳しかったと思います。当時は句の批評をする場合は、それほどボキャブラリーもないし、視点も画一的でしょう。だからそういうことを大変問題にしたんじゃないでしょうか。いい意味でも、悪い意味でも。
　だからね、芭蕉を囲む連衆などでは、共通用語のようなものがずいぶんありましたね。そいつを使う場合は、お互いに意味内容まで拡大してわかりあっているんです。あれは本歌取りを認め合っているが、行きすぎの事故防止の意味もあったんじゃないかと思う。それから、これはあなたの戯曲からヒントを得て考えたんですが、一茶という男は俳句を始めた頃から、割に本歌取りのうまい男じゃなかったか。繰り返しとか、物真似とか、擬音や擬態語なんかもうまいもんです。その才能が案外、逆に評価されていたような気がするんですよ。

井上　勉強をしていますね。

金子　しています。特に西国の旅に出てからですね。

井上　姫路城三年間の宮本武蔵のように、今はやりのモラトリアムとでもいいますか。

一茶のモラトリアムは相当長い。

金子　六年間ですからね。自分で西国へ乗りこんで行って、真剣勝負のつもりですか
ら。

井上　俳句史では、松山の栗田樗堂（ちょどう）という人は相当の俳人ですか。

金子　ええ、相当のものですね。あの人は酒造業を営む豪商で、同時に天明調の俳人
です。松山藩主も信頼した人物です。ああいう人に可愛がられているんですからね。

それから京都の高桑闌更とか、大阪の黄華庵升六とか。皆天明調ですね。西国の旅で

は、一茶は天明調を意識して勉強しています。

井上　天明調というのは、一言でいいますと？

金子　蕪村派の句調とみていいと思います。蕪村・几董（きとう）系ですか。

井上　そうすると、ある意味ではデザインの句といいますか。芭蕉のような単純、率

直、雄勁などというのより手の込んでいるものと考えていいですか。

金子　そうですね。三島由紀夫さんを漂白したような感じですね。（笑）

生活手段としての旅

金子　私は北斎の絵と一茶の句との近似性というのを非常に感じるんです。例えば一茶の句に「菜の花のとっぱずれなり富士の山」というのがある。あれなんか北斎の構図ですね。

井上　そうですね。

金子　江戸の戯作者たち、式亭三馬や十返舎一九などの文章と一茶の句との関わりを見受けることはありますか。まあ、山東京伝などは一茶から見るとすこしあらたかな感じがあったんではないかと思うので、別にして。

井上　十返舎一九とは非常に似ていますね。それから後世の人、地方出の詩人宮沢賢治もそうですが、擬声語、擬態語、そういう感覚性から出てくる土っぽさがありますね。一九については未だに、「あれは大したことない」という意見がありますが、地方出の人たちに共通の特色は、ことばの次元にこだわっていうんですか、抽象化しないで、人が話しているその発語行為そのものにこだわるところがある。一方、都会的な人というのは勉強して、抽象化したところで勝負してくる。京伝とかあの周りの人たちには、そんなところがありますね。

金子　一茶の句には、とにかく繰り返しが多いですね。

井上　そうですね。たったの十七音しか許されていないのに「そこのけそこのけ」なんて二回も言うのは勿体ないな、という気が最初はしていました。でも数が少ない音だからこそ二回使うのは、印象が強烈になる。例えば八百枚の小説のうち、「そこのけそこのけ」に四百枚も使ってしまうというのはすごい大冒険です。だから逆に大した人だなと思いますね。

金子　柄井川柳が亡くなったのが、ちょうど一茶二十八歳の時なんですね。そうすると『誹風柳多留』あたりには一茶の川柳がずいぶんあるんじゃないか。あれは無記名ですから作者がわからないけれども。懸賞句だけじゃなく川柳投句もかなりやってたんじゃないかと思っているんですが。

井上　浅草橋あたりで、川柳や懸賞句会で米を稼いでいたのは、確かな気がします。それから僕には柳橋に住んでいたというのが非常に気にかかる。女がからんでんじゃないかと（笑）。これはもうひとつ調べがつかず、止めにしましたが。

金子　それで立砂の姪にしたわけですか（笑）。でもその方がいいかも知れんな。柳橋だといかにもまことしやかになってくる。一茶は上野にもいましたね。とにかく借家住まいであちこち移っていますから。

井上　それから、これはちょっと年代がずれますけど、馬琴の日記などを見ると天候を非常に詳しく書いている。一茶の日記にも詳しく書かれている。あれは、当時日記を書く人のひとつのパターンだったのか。それとも個人的趣味だったのか。もうひとつ、一茶が何か天候に関係のある仕事をして食っていたのかというささやかな疑問があるんです。棒手《ぼて》振りとか大工の見習いとか、天気が悪ければ休みで、良ければ仕事に行くというような。でも、どうもそうでもないようですね。ずっと後になっても、天候は詳しく書いていますね。

金子　それは面白い見方ですね。巡回俳諧師だったせいじゃないでしょうか。旅との関係があるんじゃないかな。

井上　なるほど。巡回俳諧師という職業は面白いですね。

金子　ええ。そのへんの一茶と旅の関係というのを、ぜひうかがいたかったんですけれど。

井上　一茶の場合は俳聖芭蕉の影響というよりも、やはり本質にそれがあるんでしょうか。農民はずーっと自分の土地に定住するのが基本となる実業です。一方では、虚業、紙の上だけで生きている人間は土地からふわりと離れてあちこち廻らなければならない。当時の日本人の意識の中にそのことがあったんでしょうか。

金子　旅が生活の手段だったということがありますね。ロマンチックなものではなかったと。先日、網野善彦氏の書いた『日本中世の民衆像』を読んで、大変面白かったんですが、農耕社会を連ねて旅する職人層の集団が数々あったんですね。中世の農民以外の人は、実業虚業を問わず、大方が旅が生活だったんじゃないのかな。そして、その中で彼らなりのコミュニティを形成していた。一茶が旅をして俳諧をやって飯を食っていくというあの姿は、中世の民衆像の尻尾みたいな、又は終りぎわの姿のような感じがするんですね。

一茶の頃はちょうど月並俳諧が勃興してきまして、そうすると俳人が増えますから付き合いだけで食えるようになる。だから付き合いのための旅ということになって、一茶から後になるにつれて、商売というよりもむしろお楽しみの旅という感じが強くなってゆくんですが。

井上　芭蕉はちょうどその端境期ですか。

金子　そうですね、その端境期のような。でも芭蕉という人は、実は弟子や支持者の経済的支援にも恵まれていたもんだから、旅を精神の旅、求める旅と割り切ることができたんです。しかし芭蕉が崇拝してた宗祇の場合は逆で、彼は諸国大名の間を渡って歩くことが商売だった。そして渡り歩くなかで、精神の成熟を果したわけで、芭蕉と宗祇は旅との関わり方が逆だったと思うんです。芭蕉だけは稀にみる恵まれた環境にあったから、こころのままに旅のコースを選ぶこともできた。それから芭蕉を敬愛して、旅を思っていた蕪村となるとやや小さくなってきて、彼は絵をやっていたからそれで食えた。一茶になると完全に旅が商売です。どうも一茶のあたりが最後のような感じがしますね。その旅の辛さが年とともにこたえるようになってくるから、ふるさとへの定住を決意するようになる。そして四十過ぎてから帰郷の下ごしらえに頑張るようになってゆく、とこう思うんですね。

日常即俳諧

井上　芭蕉から天明調に移ってきた段階あたりで、俳諧師のことば、その音の響きに対する感覚はどの程度大事だと考えられていたんでしょうか。

金子　それほど大事とは考えられていなかったんじゃないかと思います。ただ面白いことに、一茶の読書録や備忘録の類いを見ていて、「和語」ということに関心を深めていることがわかります。『仮名口訣《かなくけつ》』という本もあって、これは葛飾派秘伝の書の一つと言われているもので、師の竹阿から授けられたわけですが、それに一茶が相当量の書き加えをやっているんです。まるで一茶著の印象で、和語の韻文的使用法とでもいえそうなことを、せっせと書いています。この和語への関心は時代からの影響を感じさせますね。ちょうど国学復興のときに当たっていたわけですから。本居宣長がほぼ同時代に出てきていますが、一茶は宣長の本を沢山読んでいるんですね。

井上　それが恐ろしい。（笑）

金子　僕はあの国学復興の中で、俳諧師たちが俳句のリズムということを大いに考え始めたんじゃないかと思うんです。

井上　そこでさっきの先生の「暗黒や関東平野に火事一つ」の句なんですが、それは僕から見れば、カ行の響きというものを完全に考えてできた句ではないか。字ヅラでもハッとする句ですけれど、声に出したときにもうそれ以外にない、という決定的なものがある。

　ところで俳諧師というのは、句会などでは必ず句を音にして読むわけですか。

金子　いえ、読み上げるとは限りません。紙に書いたものが廻ってきて黙読することも多いですね。

井上　その時でもやはり、作った人も読む人も無意識のうちに音は響かせているわけですね。

金子　その通りです。リズムは踏んでいます。

井上　そうしますと、俳諧には音が大事であるということ、金子さんのおっしゃる韻律性ですね。それはいつ頃からあったのかといえば、僕は最初からあったんじゃないのかと考えているんですが。ただ一茶のあたりでは、どの程度それが大事だったかということがちょっとつかめない。それによって一茶の俳諧師としての位置というものが考えられると思うのです。もし音に対する感受性を相当重視するのならば、一茶というのは当時でもかなりいい線いってたんじゃないかという気がするのですが。

金子　芭蕉にしても蕪村にしても、俳諧に道を求めるという、己れを求道者として考えていましたね。成美などもいろいろ問題はあっても、俳諧に向かった時はそういう姿勢をとったと思うんです。だから、日頃のご本人とは違ったひどくきれいな句ができたりする。それから白雄だって蓼太だって、皆そういうものを持っていたと思うんです。特に建部巣兆に一茶は尊敬の念を持っていた。彼を本当の求道者だと思っていたようです。

ただ一茶という人自身は、俳諧というものをそうは考えていない。韻律のほうを大事にしていた人じゃないかと思えるんですね。ですから例の『寛政三年紀行』でも、のっけに「俺は景色の罪人である」なんて芭蕉の『幻住庵記』に対決するようなことを書いていますね。美しいものなんかわからねえ、と。そういう姿勢をみると、最初から芭蕉、蕪村の系譜につながる内的求道的要求のようなものは俳諧から蹴っとばしちゃって、もっとリアリスティックでリズミカルな何かを求めていたという感じがしてくるんですね。一茶の句はリフレインが多いし、そして僕はこれを「庶民のリズム」と呼ぶんですが、あの人の身体から出てくるような韻律感というのが、実にはずみがあっていいですね。

井上　例えば「俺は傑作を書く」と小説家なんかが言いますが、そういう感じじゃなくて、日常に俳諧がある。息を吐くように俳諧していた人だという印象がありますけれど、それは金子さんの今のお話につながりそうな気がします。そのへんの凄さが僕らを感動させる。

金子　そうですね。その日常性だと思います。そして当時流行し始めていた月並俳諧、あの一句一句ともまた違っていたというのはそこじゃないでしょうか。徹底して日常の中に俳諧を置いていたという、その身体をぶつけて居すわった姿勢のようなもの。生々しい姿勢ですね。

井上　僕は最初一茶に非常に偏見を持っていて、変わっているし、庶民風だから明治、大正、昭和と、ぐんぐん復権してきたのだと誤解していたのですが。やがて、日常即俳諧というのを徹底した人だとわかってきました。大工さんが日常即タンスを作る、家を作るみたいな。金子さんがさっきおっしゃった「職人」とそこでつながってくるのですが、そういう強さを皆無意識に感じて、当然のように尊敬していくところがあると思いますね。

ですから、例えば取材をし、考えて、さあ書下しだというので斎戒沐浴して三ヶ月ぐらい集中して書く、そういう仕事も勿論立派だし、それはそれぞれの性格でいろんな方法があっていいわけですけれど、人さまが楽しめるような小説は、書くことを日常にしないと駄目だと一茶に教えられたような気がします。調子が良かろうが悪かろうが書く、自分の日常は字を書くことしかない。そういう生き方もあっていいのではないか。それは今まで日本では、どちらかといえば軽蔑されてきたようだが、とにかく毎日仕事をして何か書くのが大切である、そういう教訓を一茶の芝居を書くことを通じて得たと思います。

金子　ああ、それはいいな。一茶からヒントを得たというのが面白いですね。

井上　俳諧師も歌よみも小説家もエッセイストも、最初は才能で勝負できますが、十年、二十年と続いていくと、その人の生活が、書かなくても出てくるんですね。そこに一茶の値打ちが、少なくとも僕にとってはある、という気がします。

庶民のリズム

井上　『七番日記』の例の有名な「キク月水」「夜三交」、あれは僕の解釈では「キク月水」となったときに、一茶がガックリきているという感じなんです。それから色々と精のつく薬草を自分で集めて、それを煎じて一所懸命服用している。スキだったというなら、それはそれで構わないんですけれども。そうじゃなくて、小林家の正統は、長男である自分である。したがって自分の子供こそ小林家を継いでいく者であると、異母弟の仙六たちに示したくて交合に励んだのだと思います。その子供を作るために励んで「キク月水」、まだ妊娠していなかったかとガックリきて、草を集め、精力を蓄えてまた励む。そしてまた「キク月水」。それでキクがだんだんおかしくなってきますね。あのあたりは跡取りということにかなりこだわっている。これはまた非常に邪道な解釈ですが。

金子　それはすごくユニークだな。今までそんなこと考えた人いないですよ。でも長子相続制のもとではあることかも知れませんね。

井上　もっとも、一茶の家柄はそんなにいいかと言われると一言もないんですが。

金子　僕は、五十まで満足な性生活がなかったんで爆発した、と単純に見ていたんですが。

井上　おそらくそうだと思います。それから非常に怖がっていた人ですね。日記を見ると、晒し首とか、罪人の見せしめとか、殺人などについて詳しく記している。

金子　そうです。そういう事件が好きですね。それと被害意識というものが絶えずあったんでしょうね。これは、もうずっと子供の頃から養われてきているんだな。井上さんは『戯作者銘々伝』の中の「式亭三馬」で、「もじりは戯作の大根本です」と風呂屋の三助に言わせていますね。モジリというのは、僕は庶民の一種の被害意識とからんでるんじゃないかと思うんです。で、さっきも申しましたように、一茶という男は大変なもじり上手で、それで立砂に認められた。蓼太に可愛がられたと。そうして取り立てられてきたという印象があるんですがね。ところで、『七番日記』『八番日記』『文化句帖』など、一茶の日記のメモ風な文章はどう思われますか。

井上　すごくいいと思います。『おらが春』などは勿論僕は好きですけれど、やはり何か芭蕉とかその後の俳文とかに引きずられているような、こうであらねばならないという感じがあって、一茶の中では悪い方じゃないかと思います。

金子　なるほど。

井上　一茶が『おらが春』を書いたときなど、一種の節目を作っていると思うんですね。自分の小さい頃を理想化してみたりというふうに、お祭り気分や傑作意識があって、それは一茶の本質じゃない。むしろ一茶の一茶たるところは、毎日の繰り返し、日常性の中でどういうふうに自分と俳句が関わっているのかということが自然に出てくるもの、俳句とか日記の方が一茶らしいという、ただそれだけの理由ですが。

金子　「犬鰹節一本引《ひく》　雪女離縁」ああいうところですね。成美が死んだら、その訃報を一番しまいに書いたりしてね。「疝気《せんき》虫下ル」とかはじめに言ってね。成美の死んだことが疝気より後に出てくる。

井上　成美という人には、本当に一茶は屈託があったみたいですね。

金子　確かに日記の中でも、松井とか一瓢とか、ああいう人についての記述と違いますね。ほんの短い文章でも、日常の親愛感がピカッとしみ出てくる。それで私も最近気づいたんですが、あの短い文章が実にリズミカルですね。あれは僕はリズムを意識して書いていると思うんです。それから、これは井上さんに一度お聞きしたかったんだけれど、「七五調」というやつ、あれはどうなんですか。明治に入ってくると、もう我々の身体と異和的な面が出てくるんじゃないでしょうか。新体詩が書かれるなどということでさらに異和化されてくるというか。例えば、今になると田村隆一さんみたいに、俺は七五調が嫌だから自由詩を書いた、という詩人も出てくるぐらいでしょう。

井上　金子さんに「構築的音群」(『ことばの宇宙』六八年九月号所載)というエッセイがありますね。定型詩が音を忘れて意味にばかり傾くと乾いて魅力がなくなる。そのときこそ定型音の象徴効果がカンフルの役目を果たす……。たしかそうおっしゃっていたと思いますが、これに尽きるのじゃないでしょうか。日本語がある限り、七五調／五七調の持つカンフル効果は生き残ると思います。七五調に対する日本人のとられ方は強烈だと思うし、日本人が生きている限り、日本語を使う限りは七五調のリズムというのはたえずまとわりついてくる……。

金子　そうか。一茶が懐かしがられるのもそこに理由があるんですね。句がとてもリズミカルですものね。

井上　しかも、その七五調を平明に扱いながら決して月並へ落ちてもいない。微妙なバランスで俳諧ができている。そのへんは見事ですね。下手をすると川柳あたりへ落ちてしまうのに軽わざの綱渡りみたいなところで日本語のリズムをつかまえた人で、やはり天才だと思います。

ふるさとへの回帰

金子　僕が一茶の句で好きなのは「けし《(芥子)》提《さげ》て喧嘩の中を通りけり」。それは彼の代表作だと思うんです。その乾いた感じ、気負いとためらいの混じる複雑な気分が彼の身体の動きとして出てきている。それから非常にリズミカルである。そういう点で、何か本当の俳諧という気がするんですね。

井上　僕は一茶が江戸で故郷の方を向いて詠んでいる句が好きです。例えば「夕しぐれ馬も故郷へ向ひて泣く」。これは一茶の本領ということではないのでしょうが、江戸で何とかひとかどの人間になりたいのに、なれなくて何となく江戸に異和感を持っている。そういう感じがよく出ていて、僕はホロリとしてしまいます。一茶は江戸でひとかどの人間になれたらずっと江戸に住むつもりだったんでしょうか。

金子　ええ。旅なんてああいう身体を労することがなくて、例えば坐っていて飯の食える宗匠、月並俳諧の選者にでもなれるような宗匠であったら、江戸にいたかも知れませんね。

井上　その場合、一茶は残ったでしょうか。

金子　残らなかったでしょうね。成美以下ですね。

井上　運命はやっぱり一茶を信州に運んだ……。

金子　信州に行って何がよかったといっても、あのお弟子さんたちがよかったと思いますね。柏原の連中、つまり故郷の人たちからはあまり好かれなかったでしょう。孤独感を持っていた。そのかわりにお弟子さんのところをぶらぶら廻っていた。彼らが一茶を支えた。現在の一茶をあらしめたんですね。一茶が死んだ直後に、西原文虎という弟子が『一茶翁終焉記』を書いて、其角の『芭蕉翁終焉記』にならいつつ、それと並列させた。ああいう弟子がいたことは大きかったですよ。

井上　弟子たちは一茶の句を、今僕らが熱狂するのとは違った意味で信頼していたんでしょうね。

金子　全くそのとおりですね。文虎が終焉記で、「一茶翁は俳諧の李白だ。涎《よだれ》でもすぐ句になるから、一樽の酒で百句ぐらいは作ってしまう。軽みの真骨頂だ」と言って芭蕉の軽みをそれとなく皮肉っていますね。あのことばに尽きると思うんだけれども。とにかく先生がパッパパッパパッとリズミカルに吐き出しているその快さというものを、弟子たちは愛していたんじゃないかと思いますね。

井上　芭蕉は割といい生活してますね。

金子　伊賀に帰ると自分で献立表を作って、人を集めてご馳走したりしてますね。大阪へ行って、結局下痢でしょう。元々お腹の悪い人だったけれど、下痢して死ぬなんてのはぜいたくだと思うんですよ。それに比べて一茶は、あちこち歩き廻って、弟子たちと一緒になって酒をたらふく飲む。そして脳溢血になって死ぬでしょう。コロリとね。やはり一茶の方が死に方がいいと思うんですよ。（笑）

それから、一茶の遺作としては「花の影(陰)寝まじ未来が恐《おそろ》しき」という掛軸に書いた句がそうだと考えるんですが、あれだって死にたくない、死にたくないということでしょう。芭蕉が「旅に病んで夢は枯野を駆けめぐる」己れの迷いの姿かくのごとく、なんて言ってるのよりもはるかに生臭くて、単純で、生き身の人間という感じがしますね。

井上　芭蕉の場合は俳人の理想の生き方という幻想につぶされたという気がしないでもないのですが。

金子　そうですね。求道者だったということはいいんですが、一種の求道幻想のようなものに陥っていたところもあったんじゃないでしょうか。だから軽みを言いながら、実現できないで死んでしまった。

井上　求道者を気取っていたという臭味はありますね。それに芭蕉はオセンチですね。これはよく言われることなんでしょうけど、芭蕉の弟子と一茶の弟子を比べると、一茶と弟子との関係というのはあったかいですけれど、芭蕉と弟子の関係は、芭蕉がどうも政治的に振舞っていすぎる。ですから僕は、芭蕉に尊敬は惜しまないけれど本当に好きにはなれない。

金子　名古屋とか近江とか、あのへんでも新旧の弟子の間の調整で動いてますものね。それからあの『花屋日記』を見ると、死ぬ間際でも弟子同士の関係がずいぶんときわどいですね。その点一茶は、まあコロッと死んじゃったからそういうこともないんでしょうが、あまりそういうゴタゴタがおきていませんね。一方には例の皮癬《ひぜん》で故郷を離れていたときに、手紙を送ったりしていた佐藤魚淵《なぶち》というお医者の弟子がいたでしょう。医者は医者ででんとしていますし、終焉記を書く西原文虎もでんとしている。各々が分《ぶん》を心得ていて、訪れる一茶を大事にしたという感じがします。それに比べて芭蕉の弟子たちは、芭蕉の有名性を自分が引き継ごうという考え方が強く、互いに競りあっていたような気がしますね。一茶の方がいろんな意味でふくらんでいて、幸せだったんじゃないかなあ。

それで私が井上文学を見て、それから一茶を見て思うのは、あなたが一茶を書いた動機というのは、あなたは山形と東京との関係でお話しになったけれど、私は別の見方をしているんですよ。極端ないい方かもしれないけど、あなたの文学全体が人間の中に個を見ている。つまり個人というのが先にあるんじゃなく、人間がまずあって、人間の中にひとりひとりがある。お互いが存在者として連なりあって、そこに命の温めあいもあれば、命のむしりあいもある。そういう人間世界をあなたは書こうとしているんじゃないか。だから非常に人間が暖かいし、ひどくユーモラスでもある。一茶という男も結局は一庶民で、特徴も何もない全くの一存在者ですね。それが江戸の中で生きていた。人間の中で生きていたという、その姿にあなたはひかれたんじゃないかと。だから、一茶の姿は井上文学の本質に迫っているんじゃないかなって私は思うんです。ちょっと気取った言い方になりましたが。

井上　僕は単純で、「百姓ガンバレ」「地方出身者マケルナ」と言っているだけです。先生の「農民俳句小史」にもつながってきますが、例えば農民はズルいと先生も言っておられる。その通りですが、ズルくなければ生きられないということもありますし、それから都会の人も同じようにズルい。そういう中で、僕が生きてきたこの四十数年の間に農業人口が全人口の七割から三割近くにまで減ってきた。どんぶり一杯の米が三十円しかしないのに、都会人は米は高いと言う。もう日本人はある意味では米を、すなわち農民を必要としなくなってきた。そう思うと自分の農民の血筋というものを踏まえるとすごくくやしい。ですから札差のような、一時憧れていたものを憎むようになってくる。

しかし一方では、人間同士だから仲良くしたいという気持ちはすごくあるんです。人間は一回しか生まれないのに、こんなに寂しい生き物なのに、なぜ皆仲良くできないのか。このふたつの原始的感情がぶつかり合って、そのエネルギーで書いているのじゃないかと思います。

金子 やはり人間の中で書いているんですね。

一茶が江戸に出て、だんだんだんだん、彼の個が確立してきますね。晩年は荒凡夫というようになってゆく。あのプロセスなんてのは、見ていて辛い感じがする。本当なら人間の中のひとつの駒でよかった。それで生きられれば最高だったと思うんですね。それが自己主張をしなければならなくなった。でも最後に弟子たちに掬い上げられて、また弟子たちの仲間のひとりになるということで救われた。そんな感じがするな、僕には。

井上 いい結論が出ました。弟子たちに救われたというのが素晴らしいと思います。自分の一番好きな、日常そのものでさえある俳句で弟子たちと結ばれて、それで息を引き取った。そこに日常の積み重なりである人生の完成していく姿があります。芭蕉は、後ろ姿がウソ寒いという気がしますね。

（一九八一年一月十九日）

小林一茶にみる言葉といのち

金子兜太×井上ひさし

司会……筑紫磐井

なぜ小林一茶か

司会　それでは、「小林一茶にみる言葉といのち」ということで、井上さんと金子さんのビッグ対談を、始めさせていただきたいと思います。井上さんは戯曲『小林一茶』で読売文学賞を取られて、一種の小林一茶ブームを作られましたし、金子兜太さんは一茶関係の十冊近い本をすでに執筆されています。特に『俳諧有情』という対談集で、お二人は一茶をテーマに対談をされています。
なぜ小林一茶であったのか。それまであまり小林一茶は俳壇史の表に出て脚光を浴びることはなかったわけですが、この時期以後マスコミでも取り上げられる頻度が多くなったのではないかと思います。はじめに井上さんから、戯曲『小林一茶』を執筆された動機など、そこからお話をうかがわせていただければと思います。
井上　はい、子供の頃から一茶は身近でした。三つくらいの句が、親のない雀がね、こっちにきて鳴きなさいと、そういうのがありますよね（笑）。もとの句を……。（笑）
司会　〈我と来て遊べや親のない雀〉ですね。（笑）
井上　そうそう（笑）、そういうのはけっこう『少年倶楽部』なんかにもたくさん載ってましたし。むしろ芭蕉なんて人はどこの人だというくらい遠かった。私たちの事務所が柳橋にあります。柳橋についてずうっと調べていくと、柳橋は蔵前を控えてますから、蔵前の札差、この札差町、つまり今で言うと丸ビルと日本銀行通りみたいな感じです、そこのそばの木賃宿に一茶が住んでいて、どうも札差と関係があるらしい、というのがだんだんわかってきた。雀の句や〈人来たら蛙《かへる》となれよ冷《ひや》し瓜〉、〈それなりに成仏とげよ蝸牛《かたつむり》〉という句に親しんでいたその人がそこに住んでいたわけです。
そこに有名な夏目成美、井筒屋という札差のご主人がいまして、江戸俳諧のまあ大立者で、どうもこの人の向島の寮に一茶は留守番として入り込んだらしいというのがわかってくる。一茶の日記を念のためみると、結局一茶はお金盗んだって疑われるんですね。夏目成美が置いといた四百何十両っていう大金を盗まれていて、留守番をしていた一茶が禁足、つまり外出禁止になって調べられるわけですね。これは相当の恥だろうと思いました。一茶も疑われる可能性も多少ありますので。あのへんの江戸者の怖さも多少知ってますし、柳橋というところのまた土地柄のおもしろさと厳しさも、現に今住んでますからわかってきて、今度は「都会対地方」っていう関係が少し見えてきたのです。

この一茶を、できるだけ盛大に信濃へ帰そうという芝居ですね。もう、江戸なんかにこだわっていることはないんだと。田舎でうんとのびのびとたくさんいい句を作ってくださいっていう、応援歌の芝居を書こうとしたんです。それが『小林一茶』という芝居です。

司会　この対談の前に井上さんは、俳句について謙遜されていましたが、実は俳句の入門書といってもよい「俳句とはなにか」というパンフレットもおつくりになられています。こまつ座で『小林一茶』を再演されましたときに刊行されたもので、有季定型や、芭蕉、一茶、子規、といった俳句史についてもすべて一通り書かれたものです。俳句については十分な見識をお持ちになっています。では次に金子さん、なぜ一茶に取り組んだかといったところをお話しいただければと思います。

金子　今、井上さんの話を聞いていて思い出したんだけどね、最初に対談したとき、井上さんが、ひどく感心しておられたのですが、一茶っていうのは毎日日記をつけてますよね。まああんなもの日記といえるかどうかわからんけども、とにかくメモを取るような形で書いている。あれを、自分がこれをやればきっともっと原稿が早くなるかもしれんと。あの頃原稿が遅くて有名だったんじゃないですか、俳優さんが待っているのにまだできないということがあったようで、それを話してたと思うんだけれどね。

自分が一茶のように毎日日記風にメモを取ってりゃあね、自分はもっと速筆になっただろうとしみじみ言ったのを思い出したんだけれども。「遅い」っていうのはこれは井上さんの特徴かもしれませんね。いい意味の。わりに人のことをきょろきょろしないんじゃないかなあ、この人は。自分のペースで歩いてる人なんですね。

で、私は、一茶の言葉の問題とも関連してくると思うんですけれど、チョチョチョッと書いていって、それが非常に省略のきいたおもしろい文章ですよね。ああいうのがおもしろいですな。たとえば晩年になって二番目の奥さんと離縁したときの有名なやつですけれども、「犬鰹節一本引」で始まるんだよね。犬が鰹節を引いちゃったと。「雪女離縁」って、有名な文章ですが、あれだけで済んじゃってるんですな。しかも女房がいなくなった方が二の次で、鰹節がなくなった方が先だったという（笑）。あれは実に軽妙なユーモアがあって、今も感心しているんですが、おそらくああいうのをご覧になって感心してられたんだろうと思うんだ。こういうのを毎日書いていれば、自分は早くなると、こう思っておられたと思うんですがね。そこらへんの話もあとからきっと出るでしょうけれども。

私は「早い」とか「短い」とかいうのは一茶の言葉との関係で非常に大事なことだと思ってるんですけどね。

私は埼玉県の秩父郡の秩父と言う山の中で育ちました。父親が開業医で、俳句をやっておりまして、全部男の人ばかり集まってきましてね、俳句会をやってた。その連中の話のなかで、出てくる俳人というと、小林一茶と石田波郷だけだったです。私の先生の加藤楸邨なんてのは、「あれは変わりもんだ」ってことで別扱いになっちゃってる。そんな時代でございまして、親爺の関係で『馬酔木』にみんな投句はしておりましたけれどもですね、人気があったのは一茶と波郷でございました。

それで一茶のことがしばしば大人たちの口に出るってことで、なんとなく匂いでですね、一茶に興味をもったっていう。秩父の山からずーっと日本海の方に行けば、山伝いに一茶のふるさとに行けるわけですから、山国の人間の共感のようなものがあったと、私なんかは思いますね。だから肌で好きだった。津田左右吉っていう学者がおりまして、それが親爺の恩師の一人だったんですが、その関係で一度津田さんに私連れて行かれたことがあるんです。これは東京の学校に入った頃でしたかね。その時津田さんのお口からも一茶のことが出てきましてね、そのご縁で津田さんの本を読んでみると、一茶のことを彼が褒めてるわけですよね。そういうことで一茶への親しみを確認したという感じがひとつあります。

七〇年代から八〇年代にかけての、山頭火のあとの漂泊者ブームの中でこの井上さんの戯曲が現われたわけでございます。それで一茶のブームが形成された。私はそれまでは山頭火のことを少しやっておりましたけれども、私の気持ちのなかじゃあ、「絶対に山頭火にはなりたくないけれども、小林一茶ならなってもいい」と。最近はなにか「荒凡夫」なんていう彼の晩年の言葉が胸に染みておりまして、俺はその「荒凡夫」で生きたいと、こう思って、まるで一茶一辺倒というところでございます。

司会 漂泊者については金子さんにたくさんご本があるんですが、最初は「漂泊の俳人」の対象は二、三人だったんですが、最近になると六、七人並んでいます。漂泊の俳人を次々と再発見していくという、きっかけの最初に一茶がなっているのではないかと思います。

お二人とも、一茶研究者の影響を受けてというよりは、それぞれ実作の現場あるいはご自身の周辺というところで一茶を再発見していくと、そういうニュアンスでお話があったかと思うんです。その中で特に大事なのは井上さんにして言えば、一茶の言語能力に非常に注目されている。たとえば、今の芸術派の俳人からみるとどうかなと思われるような、繰り返しとか擬音語・擬態語、こういうのはむしろ一茶特有の魅力というふうに言われているみたいですし、金子さんは当然庶民の俳句の源流に一茶がなっていると言われています。多分それは言葉がそういう価値を一茶から持ち始めたということなのでしょう。書名を忘れましたけれど、近代俳句を再整理すると、近代前期に一茶がいて、近代後期以後に子規がいる、そういう言い方もされたこともあったと思います。この一茶の言葉の魅力ということはお二人とも多く語られているのではないかと思います。今度は順番を変えて金子さんの方から一茶の言葉の魅力はどんなところにあり、どうやって生まれたのか。なぜ江戸時代の環境のなかで、一茶だけ特にそういうすぐれた言語感覚をもったのか、これは十分現代に通用する話じゃないかと思います。そこらへんを教えていただくと興味深いと思いますが。

一茶の言葉の魅力

金子　一茶は大変に言葉に執着した男でございます。これはもう本当に驚くほど執着しましてね、二つ、言葉ばかりを集めた本を彼は書いています。彼の場合ちょこちょコメモを取ってるうちに、一冊の本になっちゃったっていうことなんですけれども。ひとつは、『和歌八重垣書込』という本があります。『和歌八重垣』と言うのは有名な江戸中期の歌学の本ですがね、ほとんどが歌の字引みたいな言葉を集めたものでございますね。はじめの三巻くらいでしょう、和歌の紹介をしてるのは。

この本を彼は青年期から読んでまして、それに書き込みをしてるんです。いい言葉をたくさん書いているんですよ。雅語ですな。この雅語を自分で俗語化して俳句にしてるんです。

中年くらいまで『和歌八重垣』でずうっと言葉を集めてますね。若い頃彼は西国も歩いてますから、信濃の方言・言葉だけじゃなくて、関西から長崎まで、四国、瀬戸内海岸、大阪、あのへんの方言、自分の気に入った方言をどんどん書き留めておりますね。非常に広範囲でございます。それからねえ、後半の中年期以後はその癖がずっと抜けませんで、『方言雑集』というのをまとめております。これはもうけっこう厚い字引で、『大国語辞典』なんかもどこからか出てますが、ああいうのもここから抜いて言葉が使われています。これは大変なものでございまして、いろは別にずっと順番に並べておるんですが、いろんな言葉を集めています。もう方言、雑語、雅語、なんでもかんでも自分の気に入った言葉をどんどんどんどん書いている。上田におられる矢羽勝幸さん、私はこの方の研究を非常に信用し、かつ尊敬しているんですが、矢羽勝幸さんが『信濃の一茶』のなかで書いておられますが、メモ帳を持ってたようですね、特に晩年は。で、歩きながらでもですね、人のうちにいながらでも、あるいは人の話を聞きながらでも、どんどん自分の気付いたことをメモをしているんですね。『文政句帖』というメモ帳らしいんですけどね。それを持って帰ってちゃんと清書してたんですね。それがこの『方言雑集』になったわけです。なんでそんなに言葉に執着したのか。それから中年期に『詩経国風』の江戸の講演にもどんどん出席して、『詩経国風』をさかんにひねくり回した俳句を作っておりますですね。『詩経国風』は孔子の頃の黄河流域の民謡を集めたものでございまして、これも民衆の言葉でございます。だからもう、あげて彼は民衆の言葉、あるいは民衆化せる言葉、そういう言葉に執着して、もう滅多やたらに書き留めてたということでして、なぜそんなに言葉に執念を持ったのだろうかということですな。私は自分なりに、勝手に申せば、やはり「業俳」で、しかも一流の「業俳」でやってまして。矢羽さんに言わせると、信濃に帰ってからの一茶は一流といっていいほどの評判の高さを獲得していると。

江戸でもいろんな番付が当時出たんですな、お相撲さんの番付みたいに、俳諧師の番付が出たようですが、その中でも必ず上部に、前頭以上には入っていたというふうなことを矢羽さんは書いておられますけれども、少なくとも江戸にいた頃までは二流の俳諧師で、宗匠にもなれず、旅をして食ってたんですね。私はこれを「俳諧セールスの旅」と言ってるんですが、俳諧を売って食ってたんです。それで、食うしかなかったんですね。そんなことですから、生活で苦労して、生活を見つめて、で、ひたすら食い抜けるためにがんばってたと。そういう生活派のリアリストだと私は思うんです。自分の生活にかじりついて、旅をして、人の世話になったりしながら食っていくということのなかからですね、生活を土台にものを全部考えるから、言葉が自分の生活に密着した言葉に関心を持つ。自分の俳句もそういう俳句に関心をもっていくと、そういうふうになってったと思うんですよね。だからそういう言葉をどんどん書きとめてたと。

それと今ひとつはコンプレックスがあったと私は思いますね、やっぱり。信濃の中の上の農家の出といわれますけれども、中の上の農家の出だなんて、信濃から出て江戸にきたら問題にならないわけですから。それが災いして宗匠にもなり損なってるわけですから、コンプレックスがあった。それからやっぱり一流の俳諧師と称する連中と接触すれば、自分の知識の不足を感じます。だからひたすらかつかつかつかつ勉強して、自分も宗匠になりたいわけですから。宗匠にならなければ業俳としては食っていけないわけですからね。そのために勉強した、その勉強の表れが言葉の収集になっていたと。『方言雑集』なんていうのは、百近い本からの書き抜きをしてるんです。これは言葉を書き抜くんだから、ただ本をそこにおいてぴゃっと開いたところから出てきた言葉を書いたっていうわけじゃない。一茶ですからやりかねませんけどね。そんなことはへいのちゃらですから、食っていくためにはどうでもいいってとこもありますからね。だから私はやっぱり一茶は読んでいると思うなあ、読まなければ自分の好きな言葉は滅多にありませんからなあ。それだけやっぱり一生懸命勉強した、それはあると思います。

『詩経国風』の講演に行ったのもそれだと思いますし、それから『荘子』の講演も聴いていますね。江戸にはそういう講演の、いわゆる講釈、今でいうカルチャーですな、文化カルチャーの場所があったんでございます。そこに行って勉強しております。非常に暮らしが大変だったこととコンプレックスと、その二つがあると。それと、もっとロはばったくいえば、芭蕉が最晩年に『おくのほそ道』のあとで作り出した「寂び」の世界というのは、私は、暮らしをみつめて俳句を書く世界だと思うんですね。それを天下に広めたのが各務支考《かがみしこう》というへんな弟子だったと思うんですね。その各務支考が世の中に広めた、「蕉風」と称せられるその俗を書く、人々の四季の移ろいのなかの暮らしを書くという、この伝統的な考え方をですね、もろに一茶は受け継いでいると思います。ですから一方では〈春立《たつ》や菰《こも》もかぶらず五十年〉なんて、芭蕉の考えた「菰」に対して反発しておりますわね。お菰さんになったらどうしようもねえという句を作っていながら、同時に一方では〈芭蕉翁の臑をかじつて夕涼み〉なんて句を作って、やっぱり芭蕉の寂びに込められた四季の移ろいの中の実の暮らしを書くのが俳句の本命であるという、この路線を彼は尊しておったんじゃないですかね。そういう点もありまして、彼は自身をもって暮らしに徹して、暮らしに即した言葉を探していた。ひたすら言葉を探した。一応そんなことを申し上げておきたいと思います。

司会　念のために申しますと、お話にありました「業俳」というのは、職業のために俳諧の判者などをやった人で、これに対比されるのが「遊俳」、「遊ぶ俳」と書きます。先ほどありました夏目成美のように、蔵前の両替商とか、そういうようなものをやりながら、それが表の稼業で、優雅な俳句を作ってという人たちは遊俳。ただ、お二人とも、業俳と遊俳の関係を非常におもしろい捉え方をして、戯曲にされたり、一茶論を書かれたりしていらっしゃいます。

それはそれとして、今お話にありましたように、金子さんは生き生きとした言葉が一茶の句にはあって、この言葉がなぜ生まれてきたかというのをいろいろな言葉の執着とか、コンプレックスとか、あるいは芭蕉との関係などでお話しされましたけれども、井上さんから見て、一茶の言葉のおもしろさなどは、やはり同じようなところにおありですか。

つるつる言葉について

井上　これは大問題といいますか、言葉の話になりますとかなり話が広がってしまいますけれども。たとえば「さようなら」っていう、我々がもう一日に何度も、今日なんか相当使われるはずですね。皆さんがお別れになるときに、「さようなら」とか「じゃあまたね」っていう風に。これが使われすぎて、便利に使われすぎて、ほとんど「つるつる」になっているわけですよね。で、一茶にしてもそうですが、この「ありがとう」とか「さようなら」とか「じゃあね」とか「おはよう」とか、もう普段人間が日常の生活のなかで意識もせずに、とにかく便利に使っている言葉の本来の意味を、もう一度、言葉を再生させると言いますかね。

つまり、人類が最初に「ありがとう」と言ったときの気持ちへ戻るというと大げさですけど、言葉を常にもう一度洗いなおして、もとの言葉に近いように蘇らせるという仕事を、きっと皆さんなさっていると思います。我々も芝居を書くときそうですよね。「じゃあな」っていう言葉は便利に使っていますけれども。ここに二人の仲のいい男がいて、親友同士で、もう五十年も付き合いがあって、ひょっとしたらあることについては自分の奥さんよりもお互いに何かを打ち明けあってるような、本当に仲のいい友達がいて。片方が癌になったとしますよね。それでもう、いろんな直感とか情報を集めると、ほとんどあと一ヶ月ももたないと。で、親友が見舞いに行きますよね。見舞いにいってなんとなく病気に触れずに、でも「ずいぶん弱ったなあ、この次来れるかなあ」と訪ねてきた親友は思い、寝ている癌になった男は、いろんな抗癌剤とかに苦しみながらも、来てくれてほっとしているんですけれども、「ひょっとするともうこいつには会えないかなあ」と思っているときの、親友が「じゃあな」。それで寝ている方も「じゃあな」っていうのは、これは一世一代、もう人生に一回くらいしかない「じゃあな」、なんですね。お互いに「じゃあな」、「またな」って言うのはもうないんですよね。そこまで状況を煮詰めていって、あ、そうか、「じゃあな」とか「またな」っていう言葉には、ものすごい願いとか、絶望とか、もう永遠に、永久に二度と会えないだろうという、その人間のもっている宿命というのがありますよね。

　何もないところからこの世へやってきて、やってきたときは赤ちゃんですから毛が生えてなくて、ずーっと生きて、まったく毛をなくして、また何もないとこに旅立っていくわけですね。つまりこれ有名な、アーサー・ビナードさんから教わった四行詩ですけれども、「生まれてくるときは毛のない赤ちゃんで、死ぬときには毛のなくなったおじいさんで、一生というのは結局、散髪と髭剃りだったのか」っていうのがあるんですけどね（笑）。そのときの「じゃあな」っていうのは悲痛な、すべての愛情を込めた、それから別れの気持ちで、「じゃあまたな」とか「また来るよ」っていうことをわりと普通に言っている。その情景を鋭く、きちっと濃密に描き出せれば、普段使い慣れている、使い捨てにしている「またな」っていう言葉がぱーっと輝くわけです。それは我々みな目指していることで、皆さんもきっとそうだと思うんです。

一茶の場合それが実に見事ですよ。というのは、金子先生がおっしゃったように、我々普通の人間が生活のなかでたくさん使っている言葉をどういうふうに見事に言葉本来の力を取り戻させるかという実験はずいぶんやっているような気が私にはします。たとえば〈うつくしき団扇《うちは》持《もち》けり未亡人《みぼうじん》〉。未亡人がきれいだなと思っている。なんで葬式のときの未亡人てのはきれいなんだろっていう。「うちのかかあも未亡人にしてえ」とかいう、志ん生の有名なくすぐりがありますよね（笑）。「いいねーっ、未亡人は、きれいだね」って、「うちのかかあも未亡人にしたいね」っていう、自分が死ななくちゃいけないわけですけれども（笑）。あの、「うつくしき」というのは非常に難しい言葉です。よく使いますけど。「う」という音は口のなかの一番奥から出てくるわけですよね。「い・あ・お・う」っていう、これはもう人間何国人とか分け隔てなく、人間の基本は一番「い」という音を口の前で出して、その次が「え」で、「あ」は口の中央の下の方で、「お」はもっと奥で、「う」というのはほとんど内臓から出てくるんですね。だから誰かにがーんとおなか殴られると「ううーっ」って言うのは、「う」という母音は口の奥、ほとんど内臓から出てくる。ですから「うつくしい」というのは本当に体全体、胃も腸も「うつくしい」と思うから「う」っていう音が出る。

これは余談ですけれども、我々は芝居を書くときに、テキストなしにお客さんは音だけを聴いてますから、銀行の名前使うときに「住友銀行」は使えないんです。「す」っていう、「う」っていう母音が口の中を通っていく間○・○一秒か○・○二秒かかってるはずなんですよね。ですから客席に届く力が弱いのと、それから唸ってるわけですから、遅いんですね。どうしても一番口の前で音をつくる「い」という母音を含んだ銀行を探さなきゃいけないんだ(笑)。そうすると「三菱」なんですね。だからあれ、なんか上に、付けたでしょ、あれ、馬鹿だなあ(笑)。だからちょっと言葉に敏感な劇作家のテキストをぜひ読んでください。みんな「三菱」にしてますから(笑)。

つかこうへいもそうですし、僕もずっと昔からそうでした。「住友」っていうとなんかこう、ふっと粘るんです。この「うつくしき」っていう、またそれで「う」っていう音を使うんですね。「うつくしきうちわもちけりみぼうじん」ていう、こんどは「み」っていう一番前で。だから、「うつくしいなあ、あんな団扇もってかっこいいなあ」、それで、「う」の音でやっておいて、「未亡人」という一番強い母音をもっている音でぴしっと止めるわけですね。こういうことを無意識にやるにしろ、意識的にやるにしろ、すごい人だとは思います。これは芭蕉も探せばそれをやっていると思いますし、一茶の場合はもう確信犯的にこう、もういっぱいあります。

たとえば、そうですね、〈人来たら蛙となれよ冷し瓜〉。この「人」は「い」で始まりますから、相当鋭い、スパイというか、ものすごい盗人の素早い感じを「来る人」というのでぴぴっと来るわけです。「蛙」というのは「あ」ですから、これはまあ中心的な名詞ですから。で、「冷し瓜」というのがまた「い」ですから冷たい感じがするでしょ。私がわざと冷たく言ってるのかもしれませんが。こういう音の組み立ては日本の俳句史のなかでは一番よく計算して、あるいは本能的にできた人じゃないかなと思いますね。そのへんにこう無意識に惹かれたと。先生いいですか、まだしゃべってて……。（笑）

金子　ああいいですよ、おもしろいですよ。おもしろい。

井上　今、僕が名付けてる「つるつる言葉」っていうのがあるんですよ。それはさっきの「またな」とか「じゃあね」とか「さよなら」とか、「ありがとう」も全部そうです。「平和」、「戦争」、「成長」もそうですね、「経済発展」、「構造改革」なんてのも。つまり、つるつるになってしまって、下にもう意味がない。それが急に来たので意味がない「グローバリゼーション」なんてそうです。内容はわかんないんです、でも横文字だからかっこいいとか。でもその下をみると「世界の金融資本がどんな国とも障害なく為替のやりとりとか貿易ができるように、みんな同じようにしようではないか」っていう意味が、わからずにただ「グローバリゼーション」「国際化、大事だ、いいぞ」なんていうと一斉にばーっと動いていくわけですよね。「成長」っていうと全部いいことになってるでしょ。でも、こうやって我々水を買って飲んでますよね。控え室でもお話したんですけど、世界で日本は雨と雪が一番降る地域のひとつなんですね。年間平均二千ミリでしょ。たとえばカリフォルニア、この間大火事がありましたけど、あそこは年間平均降水量が三百ミリです、日本の七分の一しか降らないわけです。ヨーロッパは七百ミリくらいです。日本より降る国というのは東南アジアのマレーシアとかごくごく数えるぐらい。そんなに水がたくさん、雨と雪になって降る国が、水を買って飲んでるというので、日本人は、もうだめだと思いました。どうして自分のところの水道をきれいにしようとしないのか。昔はみな水道水を飲んでた。

これほどつるつる化したなかで、僕は「マクドナルド化」って言ってるんですけど、マクドナルドには申し訳ないんですけど、効率、計算する、予測する、人間であることを少しやめていくという、世の中ビルでも町でも全部つるつるになってるでしょ、ガラスと何かで。で、言葉はもうつるつるになってるんです。その中で俳句をなさる和歌を作る、でまあ私は仕事のうえで芝居を書いたり、小説を書いたりしているところで、つるつるになっている言葉をなんとか蘇らせようということをやってる。皆さんもやってらっしゃるし、ここに集まられた方はみんなやってるわけですよね。一茶はその一番すぐれた人の一人だと思います。「うつくしい」なんてみんな使いますからね、「団扇」と「未亡人」と三つくっつけるともう、どうしようもなくうつくしい人が未亡人となって、縁側で、団扇なんか使って、次の男を待っているという（笑）、おそろしい人生の罠まで、こう、見えてきますよね。そういう句に、「うつくしい」というのはおそらく作り変えたと思います。それは俳人や和歌やってる方はいつもやってることなんですね。

そうやって何か、大事な言葉を新しいやり方で蘇らせていく。この俳句を読んで二、三日はやっぱり「うつくしき団扇、いないかなあ」って感じになりますし、「うつくしい」という言葉にもちょっと自覚的になります。未亡人に、「亡くなったらあなた団扇持ちなさい」って言いたくなりますし。そうやってひとつの言葉で、今まで見ていた生活が違うふうに見えてきて、生き生きし始めるわけですね。そのためにやはり世の中は、「業俳」といいますか、専門に俳句を詠んでいる俳諧師や、それから作家や劇作家、詩人を世の中が買ってくれてる。だって勝手な生活して勝手なこと言ってるんですよ、詩人も小説家も劇作家も。朝出勤する必要もありませんし。それで生きていかれるというのは、世間がその仕事を待ってるんですね。というふうに、一茶の句を読むと、これほどまで普通の生活の言葉を使って、蘇らせてる人は少ないなあというふうに、稀な例だなあと。でもこれが本当の言葉を扱って生計を立てている人間の、唯一の仕事ではないかというふうに、私は思います。てなとこでしょうか。

オノマトペと一茶

金子　いやいやまったく賛成ですね。だからこれ井上さんにも聞きたかったんだけどね。擬態語、オノマトペ、あれをたくさん使っていますね、一茶は。あれなんかやっぱりまさに暮らしに密着した言葉ですよね。

井上　そうですね、「どうですか」って言うと「ぽつぽつ」とか。

金子　「ぼつぼつ」とかいろんなね。〈負角力無理にげた〳〵笑けり〉とか、ああいうのを多用しておりますね。

井上　これは韓国語もそうらしいんですが、たとえば「大きな太鼓がドンドンドン、小さな太鼓がトントントン、小さな太鼓がドンドンドン」って、どっかの童謡にあるらしいんですが、「大きな太鼓がトントントントン」っていうと本能的におかしいわけですよね。それから、雪の夜に一軒家を「トントン」と叩くとこれは「雪女かな」とかね、開ける気になりますけど、「ドンドン」だとこれはやばい、あるいは瀕死の凍え死に寸前の旅人かな、と。ただの擬態語・擬声語じゃなくて、日本語のある体系のなかから生み出されている擬態語・擬声語ですから。それを中国とか外国にあんまりないので、日本の文学作品もすべてそういう擬態語・擬声語を使ってはいけないというふうに、外国語のルールで日本の小説を書かなくてはいけないと、これがずっと日本の文学を貧しくしてきたと僕は思っているんですね。だから宮沢賢治はそういうところから離れていましたから、あの人は一茶と同じように、どんどん擬態語・擬声語を使った。

『どんぐりと山猫』のオノマトペを僕数えたことがあって、四十三ぐらいあるんですよね。「山々がぅるぅるともりあがり」とかね、これがすごい。そうやって表現しながら、山と山猫側にはたくさん擬態語が、オノマトペがあるんですね。で、一郎くんの方には一個しかないんです。そうやって、意識的に人間世界ではあまりオノマトペというか擬態語は使わない。それは普段の生活はともかく、ちょっと見合いのときに「やぁどんどんやりましょうね」なんてやると（笑）。お見合いのときにはなんとなく漢文学風に、漢詩風になっちゃって、そういう世界には擬態語を少なくして、山の方、山猫の動物の方にはいっぱい使うというのは、一茶もそうですよね。蝸牛やら蛙やら雀やら、とにかく「お前さん人間かね」っていうぐらい、向こう側になって詠む。そのへんはちょっと宮沢賢治と似てるかなあと思いますね。

金子　似てますね。方言とか俗語なんかも実に自在に使うからなあ、一茶の場合。〈是《これ》がまあつひの栖《すみか》か雪五尺〉の「是がまあ」なんてのは一種の俗語なんでしょう。「つひの栖」、あれは雅語ですよね。「是がまあ」っていう、あの使い方でまるで変わっちゃうからね。おっしゃるように生き生きとしてきますよね。ああいうことが実にうまいと思うんだなあ、自然で。

井上　言葉を駆使して何かを作り上げるわけですから、これ、言葉に無自覚ではそれは駄目だろうとは思いますけどね。だから一生懸命勉強しただろうなあと。芭蕉も勉強したようですけど。やっぱり勉強したうえで、またもとに戻ってみる。つまり普通人の生活にもう一度。そのまんま向こう行っちゃったきりの人いるんですよね。勉強するとその世界行ったっきりで、実生活に戻ってこない人がいる、これは駄目ですね。唯一リアルなのは現実生活ですから。締め切りがある、ごはん作らなきゃいけない、食べなきゃいけない、それからトイレにも行かなきゃいけない。でもう、嫌な人にも会わなきゃいけない、すべて、それが一番リアルなことですよね、あとはもう、僕の意見では社会主義も自由主義も、国家もぱーっと頭を一振りすると全部なくなっちゃう。人間の誰かが頭で考えたものはそんなにリアルじゃあないんですね。でもごはんを食べるとか家族にどうやって食べさせていくか、今ちょっと流行らない言い方ですけど、これこそがリアルなんですね。そのリアルなとこに戻ってこない人は、ダメですよ、これ。

少年の頃、有名な論争になった桑原武夫さんの「第二芸術論」を読んで、なんかすごく子供心に嫌な感じがしたんです。あれは中学生になったばっかりの頃だったですかね。ただあの命令口調がね。すべて作品ていうのは命令を含んでいるんです。言葉はすべて命令を含んでいるんですが、あの僕が何も、俳句もわからずに、評判になったのでしょうがなくて、先生からキミたち読めなんて言われて、で読んで、嫌ーな感じがしたんです。桑原武夫さんご自身はすごくいい人なんですよ、あとでわかるんですけど。この人がこんなものなんで書くんだろうと不思議に思ったくらいちゃんとした人なんですが、少年の頃に読んだ桑原武夫さんていうのは一行一行に、命令、べからず・べしが並んでいるわけですね。どっか上の方から言っているという感じがして嫌でしたね。で、昨日読み返してみたら、「圧倒的に桑原さんの負けー」って感じですね。

新しい言葉とは何か

金子　いや割り込みますけどね。これを井上さんに吟味してもらいたいんですわ。古い万葉集とか古今、そのなかで家持の歌を彼が引いてるんですよ。そのなかにね、〈わすれぐさわがしたひもにつけたれどしこのしこくさことにしありけり〉（忘れ草我が下紐に付けたれど醜《しこ》の醜草言《しこくさこと》にしありけり）。まあ読んでもよくわかんねえんだけど（笑）。要するにこの「醜草」の「しこ」が気に入ったらしいんです。それでね、こんな句作ってるんです。これが雅語の俗語化といえると思うんだが。〈来るな〱シコ時鳥《ほととぎす》シコ鳥〉（文政句帖）っていうんです。来るな来るなって、汚ねえ時鳥や汚ねえ烏は来ないでくれと。そういう句だと思うんですがね、こういう雅語の俗語化はどうですか。これしゃくに障るから復活させてるわけですけどね、さっき書き漏らしたから。（笑）

井上　つまり、新しい言葉というのは常に我々にとって魅力的なんですよね。それを使っているうちに。ですから、我々少年時代には「平和」というのはそれまで一切使われたことがなくて、「和平」なんかはありましたけど、「平和」という言葉はものすごい新鮮だったわけなんですね。もう兵隊にいくことはない、死ぬこともない。これから自由に生きられるんだって。ところが「平和を守れ」とか「平和を返せ」とかどんどん言ってるうちに、今「平和を守りましょうね」って言っても、言葉がつるつるになって、何守っていいかよくわかんなくなっちゃって。傘の、預けたときもらう札がありますよね、ああいうプラスチックの札みたいに、「まあなくしてもちょっと向こうが困るだけで、いいんじゃない」っていう感じまで、使い減らしをしてるわけです。

「平和」を、「昨日の暮らしが今日まで続いて、今日の暮らしが明日まで続く」っていうふうに言い換えないと、意味を新しく与えないと、「平和」という言葉を迂闊に使えなくなった。誰も心を動かされないですもん、今「平和を守れ」って言ったって。

だからそこが平和運動の言葉の面でのひとつの曲がり角だと思います。ただしそこに、「平和」に匹敵するもっといい新しい漢語とか言葉が出てきたら、これはすごく助かりますよね。ですから、新しい言葉、しかし全然無縁でもない言葉をぱーんと持ってこられたときに、目が覚めますよね、一瞬ね。「んっ」とこうなります。それを、言葉の専門家としては、きっと「これは使える」とか「これはいいな」とかいう感覚でしょう、理屈はあとからついてくるんでしょうけど。

特に俳句を専門に詠んでいる人たちが自動的に使っている言葉がありますよね。「切れ字」っていうのはまったく、使って使って使いまくってますよね。で、これは実はまとめるときは風呂敷を使うとき最後に縛る感じで、これをなくすと俳句でないような、温存して使い続けなきゃいけないんですけど、中身がいわゆる月並みといわれる。ちなみに僕が俳句を作ると必ず川柳になるっていう。その才能のなさ、そういう男が言っているのであんまり信用しないでいただきたいんですが、そういう月並みになろうとする動きは常にもっているわけですね。すべての作り物というのは、パターンに入って。定型に入っていく。でもその定型をなくしちゃうとこれはまた、何もならないんで、定型を残しながら中身を新鮮にしていくというときに、こういう一茶の言葉集めやそれから角度ですね、今までの俳諧の人たちと違いますよね。今流行の言葉でいうと立ち位置ってやつですね。それがすごく独特ですね。

金子　だからね、「シコ時鳥」なんて、時鳥が汚いっていうのを雅語を使って言うわけでしょう。そんな発想もおかしいし、言葉の使い方が唐突だし。意外に新鮮なんでしょう、意外に。

井上　平凡なもの、使い古したものを意外な組み合わせで新しくする。「世界の国からこんにちは」なんて歌ありましたよね。「こんにちは、こんにちは、世界の国から」って言うと、世界の国からと来たときに「ん？」って一瞬思いますよね。「こんにちは」っていくら言われても「あ」と思うだけですけど、「世界世界」なんて言われると、「ああ、それは」っていうのありますよね。世界の人たちが「こんにちは」とやって来るっていう、そういうのを発見したとき、ちょっとぴくっとしますね。そういう、詩人、俳諧も、短歌を作る人も全部をひっくるめて全部、言葉で仕事をする人を一括して「詩人」と言ってしまいますと、詩人というのは常に、言葉をどういうふうに受け手に、新鮮に、ドキっとするものにしていくかっていうことが、もう一方のこれ駆け引きと言いますか、命のやり取りくらい重要なことですよね。それを一茶という人は軽々とやって。それで、何かこう難しくないところがいいですね。すうっと読んでてつっかからないところが。

それが普通の人たちの生きているリズム、考える速度とかリズム、それから雨の降る、風が吹く、四季がめぐってくる、それを人間が感じている。基本的な生き物としての人間のリズムと実に合う。そこから出てきたので逆に合うわけだと思うんですね。

金子 いやあこれ、井上さんにさらに聞きたかったんだけどね。こういう句を作ってるんですね。〈花げしのふはつくやうな前歯哉〉って。四十九歳で前歯がふわふわしだして、翌年は抜けちゃったらしいんですね。〈すりこ木のやうな歯茎も花の春〉なんて句作ってますから、その抜け始めの句なんですが。こう、芥子の花のひらひらしてるような感じで前歯がふわふわしてるなんて。こういうのどうです、新鮮でしょう。(笑)

井上 いやぁリアリズムですよね(笑)。その前歯がぶらぶらするのを詩にしてしまうというのは、すごい、嫌な言葉でいうと根性ですよね。プロ意識といいますか、職業人意識というか。歯が抜ける寸前、痛くなく抜けるとき、なんとなくこう、違う人生が始まって、抜けると一日くらい違う人生がね、で、だんだん慣れていくと抜けてるのが当たり前になっていくっていう。その繰り返し、うまいもんですねえ。

一茶と「いきもの感覚」

金子　ねえ、新鮮なかんじですよねえ。これもそれに関わって訊きたかったんだけどね、私はそういう意味では一茶の「いきもの感覚」というのがあの人にとっちゃ基本の感覚だと思ってるんですけどね。今で言う、言い換えればアニミズムということになるんでしょうか。それが体に染み込んでて感覚になっていたという。「いきもの感覚」っていうのを非常に私は大事にしてるんですけどね、一茶の句についても。一茶はお話にも時々出てきたようにいろんな乱暴なことをやったり、かなり大胆な日常化っていうことをやってるわけなんですよね。そういうのが嫌味でなく全部浸透する形で伝わってくるのは、一茶の持ってる「いきもの感覚」の力なんじゃないかと思うんです。

井上　私たち、二十一世紀の人間が一番必要としている感覚ですよね。いろいろ締めたり、キラキラ輝く石を飾ったりしながら、生き物じゃないように生きている、ほとんど「偽装」しているわけです（笑）。そうじゃなくて、人間も生き物で、絶対百年とはもたない生き物なんだ、っていう感覚が今、本当に必要ですよね。だから一茶の句はそういう意味では普遍性があります。江戸時代から、今金子先生がおっしゃった、つまり「KY（空気読め）だよ」って言われたわけなんですよね。雰囲気、空気違うよ、お前だけちょっと違うよって言われたんですよね。僕はそれが大きかったと思います。私たちはみんな雰囲気で、空気で生きてる人間ですから。世界中そうですけど、なにか声がかかると一斉にそっちへ行くわけですよね。あの戦争を起こしたのは誰だっていうと、「空気」なんですよ。「バスに乗り遅れるな」とか、「行け行けどんどん」みたいな。だから戦争に敗れて、「平和、これから民主主義だ」っていうと、今度は民主主義が「空気」になって、「誰が始めたんだ」っていうと、空気がやっていて、「あのときはああだったからしょうがないよ」って、こうなってくるわけですよね。これは全部そうだと思いますよ。これは日本だけじゃなくて、特に今、アメリカなんかも多少はその気がありますよね。誰も彼もテロリストにして、そうするとテロリストという言葉だけですべてが動いていく。そういうところから、一茶が言ったと、空気が大事ですよ、っていう。信濃に帰ってよかったと思いますよ、あとはもう、のびのびと。

司会　金子さん、今いろいろお話があったのですが、我々本当に「つるつる」じゃない言葉を使ってるかどうか若干忸怩たるものがあるんです。今のお話は現代俳句に対する警鐘みたいなものでしょうか。

金子　だからさ、「一茶に学べ」ってことなんですよ（笑）。それは井上さんも俺も共通してるんだ。今ひとつ井上さんに訊いていいかい。こういう句があるんだ。さっきの「いきもの感覚」の範囲で私は受け取ってるんですけどね。晩年の句で、〈十ばかり屁を棄に出る夜永かな〉（笑）。これは実に信濃の秋の夜の暮らしがよく出てる。そのねえ、「屁」っていう感覚がちっとも嫌味がないでしょう。これ私は「いきもの感覚」の力仕事だと思うんだが、いかがです。

井上　いやぁ、これはね、すごく環境に配慮した句で……。（大笑）

金子　うまい捌きですね。

井上　それはね、我々まだ喫煙してますから。「三本ばかり煙草吸いに出る」っていうのは、そうですから。今日も煙草吸うときに外に出る、そういう身の上からしますと、大変すばらしい句で……。（笑）

金子　いやねえ、現代俳句でこういう下腹部のことが出てくるとね、なんだかいやらしいんですよ。尻とかね。それが一茶の句はちっともいやらしくないっていうこの違いがね、すごいと思ってるんです。だからやっぱり「一茶に学べ」なんですなあ。

井上　「ばかり」っていう言葉が、「十ばかり」でぼかしてるところ……。これ正確に数をやっちゃうと、「十三回」とかね（笑）。言葉の「ばかり」でふっとやわらかく扱っている……。

金子 あの頃、俗語で「ばかり」なんて言い方があったのかなあ。「十ばかりやってんべえ」なんてねえ。「ばかり」っていうのはぼかし方ですね、ぼかし言葉。ああいうのが案外あったんじゃないかなあ。現代人は案外それ使わないから。女性が使うと思うんだよな、かなり。

井上 「はばかり」。（笑）

金子 そうそう。（笑）

井上 つまんない洒落を言って……。

（二〇〇七年十一月三日）

小林一茶

作者の前口上

小林一茶は生涯を通して熱心に句日記や句文集を書きつづけ、しかもその大部分が残っているので、いかに良い加減な作者《わたし》であるといってもこれらを無視するわけにはまいらぬ。そこで作者は珍しくその創作態度を改め、信濃毎日新聞社発行の『一茶全集』（全八巻）を何回となく通読し、一茶の評伝を何十冊も集めて机上に積みあげ赤鉛筆片手に精読をなし、正鵠を期した。したがってこの戯曲に登場する人物はすべて実在し、この戯曲の扱う事件はなにによらず史実である。

もっとも一茶その人が、上に「べらぼう」の付く大嘘つきで、かつ又、下に「野郎」を付けたくなるほどの大袈裟な人物である。それはたとえば五十二歳（文化十一年）のときの作である「我と来てあそぶ親のない雀」を、五十七歳（文政二年）に改作し、その年の句文集『おらが春』に、

……「親のない子はどこでも知れる、爪を咥《くは》へて門《かど》に立《たつ》」と子どもらに唄はるゝも心細く、大かたの人交《まじは》りもせずして、うらの畠に木・萱《かや》など積みたる片陰に踞《かがま》

りて、長の日をくらしぬ。我身ながらも哀也けり。

　我と来て遊べや親のない雀　六才　弥太郎

と記して、「天才少年弥太郎」像を捏造し、自己神話化をはかっているところからも窺われるだろう。とはいうものの、このような捏造は物書きならば誰でもやっていることではあるが。ともあれ作者は、一茶の句日記や句文集の記載のうち、感想、回想、追憶など、彼が嘘をついたり、自分を美化したりしていそうな部分はすべて排除し、これは事実であろうと得心の行った部分の上にのみ、この戯曲を紡ぎ上げ、築き上げた。戯曲の大きな土台となったのは、とりわけ一茶の『七番日記』の文化七年の十一月の、左の記述である。

一晴　流山《ながれやま》ニ入《はいる》

二曇　申《さる》九刻随斎《ずゐさい》ニ入　主人角田《すみだ》川ノ紅葉一覧　既刻皆々帰庵

三晴　卯《う》五刻箱中改ラルル所金子紛失ス　是則《これすなはち》昨二日留主《るす》中ノ所為トシテ終日大ニ捜《さが》ス　我モ彼党ニタグヘラレテ不許他出（外出禁止）

四晴　大捜

五晴　大捜
六晴　大捜　主人本家ニ入
七晴　金不出
八晴　金子未出ザレド其罪ユルス
九晴　夜大雨　丑《うし》刻雷　イセヤ久四郎奴《やっこ》四百八十両盗ミ去
十晴
十一晴　久四郎ノ奴《やっこ》捕ラルル

この年の八月中旬から下総国の門人宅を転々とし流山から江戸へ帰ってきた四十八歳の一茶は、十一月二日午後おそく隅田川の東の岸にある本所多田薬師の井筒屋八郎右衛門の寮に入った。十一月二日というのはもちろん太陰暦である。太陽暦では十一月二十八日に当る。井筒屋八郎右衛門は浅草蔵前天王町の札差で、そのころ道彦、巣兆とともに江戸三大俳人といわれた夏目成美《なつめせいび》のことであるが、一茶に対しては終始庇護者としての立場をとりつづけた人物であるといわれる。しかし作者はまったくそうは信じていない。そのことはこの戯曲をお読みいただければ、また舞台を見ていただけば、おわかりになるだろうと思う。それはそれとして、翌三日に大事件が出来《しゅったい》する。

随斎庵の手文庫の中の四百八十両が消え失せてしまったのである。十両盗めば首が飛ぶ、という時代の四百八十両だから大事《おおごと》である。井筒屋八郎右衛門の番頭豊島久蔵が中心となって犯人探しがはじまった。蛇足に近いがこの番頭豊島久蔵は俳号を大江由《ゆう》誓《せい》といい、なかなかの俳人だった。天保年間には江戸俳壇一方の雄として仰がれることになるはずである。

さて犯人はだれか。井筒屋八郎右衛門と豊島久蔵は、随斎庵や蔵前の本家にしばしば出入りし、煤払い、庭掃き、廊下の雑巾掛け、留守居番などをしてくれている、居候とも老書生とも、また下男ともつかぬ乞食俳諧師の一茶に目をつけた。そして一茶を六日間、禁足し徹底的に調べあげる。決定的な証拠がなく、十一月八日に一茶は禁足を解かれるが、つぎの日の九日、井筒屋八郎右衛門の商人仲間の、伊勢屋久四郎の下男が怪しいということで事件は一応の落着をみた。つまり一茶は濡れ衣を着せられたわけである。『七番日記』のこの年の記述をくわしく読むと、疑われても仕方のないような生活を、一茶がしていたことがわかるが、とにかくこの事件はその後の一茶の生き方を大きく変えた。

まず、この事件を境に一茶は井筒屋八郎右衛門、すなわち江戸俳壇に隠然たる勢力を持つ大俳人夏目成美の庇護をすこしずつしりぞけて行く。たとえば翌文化八年、一茶は日本橋久松町の富商松井家には百八十三泊もしているのに、成美の許には四十九泊しかとどまらなかった。成美の傘の下から出ることは、同時に蔵前札差たちが金にあかせてつくりあげた江戸文化に愛想づかしをすることでもあった。べつにいえば、江戸で天晴れ業俳（職業俳人）の看板をかかげようという年来の望みを自ら断つことに等しい。もっと簡単には、江戸でメシをくうことの断念でもある。都落ちして信濃にこもる、これを一茶はこの六日間で本気で考えるようになったのではないか。

江戸俳壇で適当な位置を占めたいという望みを遂げるには、芭蕉や蕪村をよく研究し、小型芭蕉や亜流蕪村になるに如くはない。成美にしてからが二番煎じの芭蕉、出がらしの蕪村であった。だが江戸を捨てれば、もう型も作法もへったくれもない。いわゆる一茶調の確立は、そういうわけで江戸を捨ててはじめて成るのだが、その意味でもこの事件は大きい。この事件を経てこそはじめて一茶は一茶となったのだと作者は確信する。一茶を年代記スタイルで描くという最初のプランを放棄して、劇の時間をこの七日間に限定したのは、この事件こそは一茶の生涯における最大の事件のひとつだろうと考えるからである。

それならばなぜ、多田薬師の成美の寮の六日間を舞台にのせて再構成しようとしなかったのか。鳥越明神から歩いてほんの数十歩の浅草元鳥越町自身番に舞台を限り、その自身番に出入りする番人、家主、蔵前水茶屋の女、柳橋の踊子、按摩、屑拾い、大道易者、幇間、棒手振《ぼてふ》り、町内預りの米盗人、そして睦奥岩代国天領中郷村《なかのごう》の納《おさめ》名主《なぬし》などによる「四百八十両盗難事件」に関する噂ばなしを基に、八丁堀の蔵前会所見廻り同心見習が事件をあれこれ推理するという間だるっこしい型式を、なぜ採用したのか。

その答は、勝手ながら読者諸賢、観客諸賢に見つけていただくことにして、ひとつだけ理由をあげるにとどめておく。

信濃から出てきて以来、一茶は江戸市中を転々としたが、その転々の中心は常に隅田川の西岸に沿って、細長く南北にひろがっている浅草蔵前にあった。元鳥越町とは目と鼻の天王町には成美の本宅井筒屋がある。また一茶は三十歳（寛政四年）から三十六歳（寛政十年）まで関西・四国・九州方面へ七年間の長い旅を行っているが、その間《かん》、一茶の江戸連絡所は、浅草八幡町の旅宿菊屋儀右衛門方におかれていた。浅草八幡町とは、浅草御米蔵の北端と千住通をへだてて向い合う石清水八幡宮の門前町のことである。

（『劇場』一九七九年十一月）

基本となる登場人物

蔵前札差会所見廻同心見習五十嵐俊介（劇中劇で小林弥太郎、小林一茶を演ずる）
飯泥棒（劇中劇で竹里、上総富津織本家老僕源助）
浅草元鳥越町自身番家主金兵衛（劇中劇で馬橋油屋大川立砂）
水茶屋梅園のお園（劇中劇で懸賞句会金元の女、大川立砂の姪およね、上総富津織本花嬌）
浅草元鳥越町自身番番人忠八（劇中劇で懸賞句会金元、蔵前札差井筒屋八郎右衛門じつは随斎庵主人夏目成美）
からくり弥二郎（劇中劇で岡っ引、上総富津織本嘉右衛門）
膠の三蔵（劇中劇で下っ引甲）
風鈴そばの善四郎（劇中劇で幇間、下っ引乙）
蔵前寿松院納所坊主雲龍（劇中劇で雲水）
竹町之渡船頭吾助（劇中劇で左官）

浅草広小路の貸本屋立花屋源七（劇中劇で行商人）
浅草元旅籠町旅籠菊屋番頭藤六（劇中劇で句会の客）

基本となる時

文化七（一八一〇）年十一月八日の夜

基本となる場所

江戸蔵前元鳥越町自身番

客席に入って、観客たちが目にするのは、すでに緞帳の上った舞台である。さらに観客たちは緞帳のかわりに巨大な幕が舞台を覆っているのに気付くだろう。その幕は、舞台の三分の二以上を覆い隠すほど大きく、しかもそこには次の如き記述が大書されている。記述は、小林一茶の句日記『七番日記』文化七年十一月分からの引用であるが、観客たちは開幕まで、この字幕を眺めながらすごすことになる。

一晴　流山《ながれやま》ニ入《はいる》
二曇　申《さる》九刻随斎《ずゐさい》ニ入　主人角田川《すみだ》ノ紅葉一覧　即刻皆々帰庵
三晴　卯《う》五刻箱中改ラルル所金子紛失ス　是則《これすなはち》昨二日留主《るす》中ノ所為トシテ終日大ニ捜《さが》ス　我モ彼党ニタグヘラレテ不許他出（外出禁止）
四晴　大捜
五晴　大捜
六晴　大捜　主人本家ニ入

七晴　金不出
八晴　金子未出ザレド其罪ユルス
九晴　夜大雨　丑《うし》刻雷　イセヤ久四郎奴《やっこ》四百八十両盗ミ去
十晴
十一晴　久四郎ノ奴《やっこ》捕ラルル

（小林一茶『七番日記』文化七年十一月の条）

観客たちがこの字幕を眺めるのに飽きたころ、場内が暗くなる。

壱　賭け初め泣き初め江戸の春

暗いなかから江戸市民による発句《ほっく》唄「元日や」が聞えてくる。

元日や何にたとえん朝ぼらけ
元日や神代のこともおもわるる
元日や風から春となりにける
元日や空にも塵のなかりけり
元日や今朝は烏《からす》も憎からず
元日やはれて雀のものがたり
元日や人の妻子の美しき
元日や今朝はひとしき人心《ひとごころ》

明瞭な発語、そして韻律。とくに慎重を要するのは切字の処理。

ほのぼのと屠蘇のまわるや江戸の春
餅くって眠気つきけり江戸の春
牛馬《うしうま》のものくう音や江戸の春
ゆたかさを鶴もうたうや江戸の春
むつまじくもろともきそう江戸の春
鐘ひとつ売れぬ日はなし江戸の春
青空に傷ひとつなし江戸の春
侘《わ》び尽《つく》し侘び尽してぞ江戸の春……

唄のなかで、ぼんやりと小汚い座敷がうかびあがる。

浅草蔵前元旅籠町の宿屋の二階、三間ぶっ通しての点取り句会の会場。小店《こだな》の番頭、浪人、行商人《ぼてふり》、折助（中間）、人足、左官、雲水など、どこからうらぶれた男たちが陰気な顔を並べて歌っている。

中央に弥太郎（のちの一茶。十六歳）。極度の緊張。両手を握りしめて膝の上、ぶるんぶるんと震えている。

弥太郎の隣りで悠然と構えているのは業俳《ぎょうはい》志願の竹里《ちくり》（二十歳）。ぼろぼろの、ではあるがとにかく十徳を着込み、半紙本の句集を眺めながら、時折、ぷっと吹き出したり、ふうむと鹿爪らしく頷いたり。

唄が終ってすぐ、上手から金元《かねもと》（胴元）とその情婦らしい仇っぽい女が登場。金元は背中に赤鞘の刀を背負っているが、おそらく不良の御家人かなんかだろう。女は大きな笊を抱えている。

金元　これまでに集まった句は九十九。

女　九十九なんて元日そうそう縁起が悪いじゃないか。だれかもう一句よみ足して百にしておくれ。

金元　五七五の十七字のなかにいくつ同じ音がよみ込めるか。お年玉がわりに今日の出題は滅法やさしくしてあるんだ。

女　赤ん坊にだってできるよ。（竹里に）どう、宗匠、ちょこちょこっともう一句よんでみない？

竹里　（自信に溢れて）すでに一句投じてある。そしてその一句で充分です。

雲水　これ、これこれ。たしか一句につき百文だったの。

金元　そうよ。そして一番勝《いちばんがち》をとれば一両だ。

女　ここ数日の銭《ぜに》相場じゃ一両が銭五貫七百文。つまり一両は一文銭五千七百枚にあたる。ってことは、一文銭百枚がその五十七層倍の五千七百枚に殖えて、お坊様のその托鉢用の鉢のなかへ舞い戻るわけね。

金元　そんなちっちぇー鉢じゃとても受け切れやしねえぜ。

雲水　すでにわしは四句投じておる。（短冊に切った紙を掲げて）これで五句目じゃ。がしかしもはや軍資金が底をついた。そこで相談だが、この衣ではいかんかな。

金元　衣は商売道具だろう。いいのかい。

雲水　（断乎たる口調で）勝算はある。

弥太郎をはじめ、他の男たち、ぎくりとなる。雲水は脱いだ衣をまるめて女の笊の中へ投げ込み、投稿句をその上にのせる。

金元　めでたし、めでたし。めでたく百句まとまった。

女　ではこれにて締切、締切。

金元と女、賑やかに囃しながら上手へ引っ込もうとするが、女は急に立ち止まって、

女　お坊様、なによ、これは。「ははははは、ははははは、はははは」……。これが発句？　雑俳にもなってやしませんよ。

雲水　元日じゃ。めでたい。それで大いに笑っているわけじゃな。十七字すべて「は」の音じゃ。

金元　季語がねえぞ。

他の男たちも口々に、

「そうだ」

「季語のない発句があってたまるか」

「失格だぜ」

「大体、坊主が賭事などやっていていいのか」

「おう、つまみ出しちまえ」と叫ぶ。

女　（しーっと形のいい唇に白い指を立てて制して）これは御法度《はっと》の懸賞句会なんだよ。大きな声を出すとみんなふん捕まっちまうよ。あたしたち金元は島流し。ここの宿屋の亭主も島流し。あんた方は家財取り上げ。家財のない人は五貫文の罰金。この裁きは金元がつけます。後生だから騒ぎ立てないでおくれ。

金元　お坊さんよ、繰り返すがね、季語のねえ句は没だな。

雲水　では一部を改めようかの。「元日や、はははははは、はははははは」。元日という季語が入っておる。文句はなかろう。「は」の音が十二。うむ、これでも一番勝はかたいじゃろ。

左官　（思わずカッとなって）そんな幼稚な句で一番勝を攫われてたまるか。

　　摑みかかろうとするのを一同「しーっ」と制する。一同が制しているのはむしろ自分自身かもしれないのだが。

雲水　わかったわかった。では更にこう改めよう。「はははははは、はははははは、江戸の春」。「は」の音が十三……

行商人　いい加減にしやがれ！

　　一同「しーっ」と、行商人と自分自身とを制する。

雲水　よろしい。では……

ト考え込むのへ女はぱっと衣を投げつけて、

女　衣じゃだめ、銭でなきゃ受け付けないことにするよ。

雲水　(怒って) お、おい、それでは約束がちがうぞ。

立ち上ろうとするのを一同とびかかって押えつけて「しーっ」。このとき上手の袖で男の声あり。「こっちで一句できたぜ」

金元　おっ、いただき、いただき。

女　これで締切。めでたく百句まとまりました。

金元と女は上手へ引っ込む。

弥太郎　(竹里に) あのう、もし……

竹里　おれのことかい。

弥太郎　はい。根岸の小野松風《おののしょうふう》という書家の住み込み弟子で小林弥太郎と申しますが……

竹里　おれは竹里《ちくり》だ。竹の里と書く。葛飾蕉門《かつしかしょうもん》の総帥、其日庵《きじつあん》三世溝口素丸《みぞぐちそまる》の弟子だよ。もっとも、こんな懸賞句会で小遣銭を稼いでいるところを見つかったら即刻破門だろうけれどもな。ただね、明日から、松戸、流山、佐倉、成田と下総《しもうさ》一帯を廻るので、懐《ふところ》中が淋しいのも落着かないと思ってちょっと……

弥太郎　（遮って）懸賞句会にはよく出るんですか。

竹里　いい小遣銭稼ぎになるし、俳諧師にとっては何だって修業のうちだもの。師の素丸はじめ葛飾蕉門の重鎮たち、たとえば二六庵竹阿とか今日《こんにち》庵元夢《げんむ》とか、そういった偉い人たちは、懸賞句会というと目を三角にする。俳風が汚れるってわけさ。しかし、おれはそうは思わないな。懸賞句会に出てだめになるような才能は、もともと才能なんてもんじゃないんだよね。それにわれらが翁《おきな》もこうおっしゃっている。「点取り句会に出ること、必ずしも悪いことではない。勝っても誇らず、負けても怒らず、少年がかるたを遊ぶときと同じように、ただ興に耽る。これが出来れば点取り句会も修業の場である」ってね。

弥太郎　翁ってだれのことですか。

竹里　葛飾蕉門の俳諧師は（不動の姿勢をとって）松尾芭蕉先生のことを敬愛の想いをこめて翁と呼ぶんだ。もっとも翁は同時に点取り句会に溺れる者を「風雅のうろたえ者」と批判なさっている。ということはつまり溺れさえしなければ……

弥太郎　（また遮って）今日の出題ですが、五七五の十七文字に同じ音をいくつよみこむことができれば勝てましょうか。

竹里　はじめてなんだな、懸賞句会は。

弥太郎　はい。お師匠さんの書《しょ》を本所《ほんじょ》のさるお屋敷に届けての帰りなんです。お屋敷の奥様は書と引き換えにお金を下さいました。三分《ぶ》です。

竹里　その書だけれども表装してあったかい。

弥太郎　軸物にしてありました。

竹里　軸物で三分……となるとお師匠さんの小野松風とかいう人、たいした書家じゃないな。

弥太郎　（素直に頷き）江戸で十七番か十八番目だと思います。

竹里　そうかな。

弥太郎　（またも素直に頷き）それでは江戸で百二、三十番目といったところだと思います。とにかくその三分のお金を油紙で包み、それから風呂敷にくるみ、紐で縛って、襟巻代りに首に巻いてお屋敷を出ました。両国橋をこっちへ渡って、浅草御門にさしかかったとき、ふっと背筋が寒くなりました。なんだかわからないけれど悪いことが起っているような気がして……

竹里　はは━ん、そこで首の風呂敷包をたしかめてみると刃物で切られたあとがあって、大事な三分がなくなっていた。そうだろう。

弥太郎　はい。

竹里　両国橋西詰から浅草御門にかけては巾着切がうようよしている。危いんだよ、あの一帯は。むしろ角田川《すみだ》の向う土手、本所石原河岸通から多田のお薬師様や東江寺《とうこう》の前をとおって吾妻橋へ出た方がよかったかもしれないな。

弥太郎　でも吾妻橋を渡るには二文の橋銭がいります。だから無料《ただ》の両国橋を……

竹里　それもそうだな。それでどうした？

弥太郎　（泣く）

一同「しーっ」と弥太郎の口を塞ぐ。弥太郎「わかった、もう泣きません」と頭を振る。一同、そーっと手を離す。

弥太郎　お師匠さんは今晩一晩、家に入れてくれないと思います。そればかりじゃない、明日は一日飯《めし》抜きだ。そう考えたら悲しくてワンワン泣いてしまいました。

竹里　そうか、住み込みの弟子といってもたいていは下男のようなもの、それぐらいの折檻はされるかもしれないな。

弥太郎　なにより辛いのは、巾着切にやられたことを、お師匠さんが信じてくれないだろうということです。お師匠さんは、自分以外の人間は、自分をだますためにこの世に生まれてきているんだ、と本気で信じているんです。だからどうしても三分なければ帰れない。懐中を探ってみると、去年、故郷《くに》を出るときに父が持たせてくれた路銀の残りがちょうど百文あった。この百文を川の水に漬けておいたら三十層倍にふやけてふえて三分にならないものかなあなんて思いながら神田川を眺めていたら、このお坊さんが（卜雲水を指し）隣りで金元のおばさんから小声で誘われているのが耳に入ったんです。金元のおばさんはこういってた。「お坊様、この近く、蔵前の元旅籠町の宿屋で懸賞句会があるんですよ、いかがでしょう、百文で一番勝の金一両をせしめる気はございませんか」……

竹里　それでついてきたのか。

弥太郎　はい。

竹里　俳諧を学んだことがあるのだな。

弥太郎　ありません。ないけれどもついてきたんだ。だってほかに百文が三分に化けるあてがないし……。ただ、故郷《くに》の柏原村にいる時分、名主様や明専寺《みょうせん》の和尚様が旅の俳諧師と連句や付合《つけあい》をなさるのをよく見ていましたから、やってやれないことはないだろうと思って……

竹里　柏原村といってたようだが、まさか信濃は北国街道沿いの、あの柏原村じゃないだろうな。

弥太郎　その柏原村です。

竹里　おれは越後の高田だ。故郷《くに》へ帰るたびに、といってもまだ一度しか帰ったことがないけれど、往きと帰りに柏原村を通った。出てくるときを入れると都合三度ということになるか。通るたび問屋場でひと休み、振舞い茶を頂戴することにしているんだ。

弥太郎　じゃあ、父と逢っているかもしれませんね。父は問屋場で馬子をしています。痩せっぽちで、気の弱そうな顔をしてる。鼻の頭にイボがあって、そのイボに毛が一本生えてんの。で、あだ名がケイボ……

竹里　さあ、知らないなあ。

弥太郎　父の女房殿は柏原では評判の別嬪さんですよ。
竹里　自分をこの世に送り出してくだすった母親に向って「女房殿」だなんて他人事《ひとごと》のようにいってはいけない。
弥太郎　でも他人なんです。生みの親は弥太郎が三歳のときに……（わーっと泣く）
　一同「しーっ」と弥太郎の口を塞ぐ。しばらくそのまま。やがて一同、そっと手を離す。
弥太郎　（意外に陽気）母の法名は妙栄です。ずいぶん短いでしょう。明専寺の和尚様が手を抜いたんだ。でも、もとをただせば、父が戒名料を惜しんだのが悪い。弱虫の上に吝嗇《けち》なんだ。
竹里　おとっつァんを憎んでいるんだな。
弥太郎　後添いに男の子が生まれた。弥太郎が十歳のときです。途端にその後添いが、つまり継母が、弥太郎を苛め出した。よくあるはなしですが、先妻の子に小林の家を継がせるのはいやだ、自分がお腹《なか》を痛めて生んだ子に小林家を継がせたい、そう思いはじめたんですね。弱虫の父はとうとう後添いに押し切られ、去年の春、この弥太郎を家から出すことにした。伝手《つて》を頼って、上野下谷《したや》の錠前屋の小僧に押し込んだんです。錠前屋が性《しょう》に合わないことが半年で判ったから、今のお師匠さんところへ住みかえましたが。ねえ、こんな父を尊敬できますか。最初の女房との間に出来た子どもを追い出したんですよ。二度目の若い女房の顔色を窺いながらびくついて暮している弱虫なんだ。今度、柏原村を通ることがあったら鼻の頭にイボのある馬子にいってやってください。「子どもと金玉は荷にならぬと昔からいうのにどうして子どもを追い出したんだと、弥太郎が恨んでましたよ」って。

竹里　おまえさんね、結局、このおれになにをいいたかったのだい。

弥太郎　あ、そうだ。（低い声で）五七五の十七文字に同じ音をいくつよみこめば勝てましょうか。

竹里　そこから話が逸《そ》れたんだったな。うん、六つが勝負の山だろうねえ、（周囲を見回して）たいていの連中が四つは同音をよみこんでいるだろう。で、十人に一人か二人が五音。ここにはざっと数えて三十人はいるが、このうちで六つよみこんでいるのはまず一人。

弥太郎　やった……

ト叫び、一同が口を塞ぎにくるのを、その寸前で躱して、自分で塞ぐ。

竹里　すると……

ト竹里も大声を出すが、これも自分で自分の口を塞いで、

竹里　まさか七つ（ト喋るときだけ手を口から離す。▼は口を塞ぐ箇所）▼よみこんだ▼のでは▼ない▼だろう▼な。

一同　なんだと！

弥太郎　（同じように両手で口を塞いだり、あけたりしながら）七つ▼よみこんだ▼んだ。

ト叫ぶ。が、すぐに気付いて、てんでに自分の口を塞いだり、あけたりしながら、

一同　ほん▼とう▼か。

弥太郎　う▼ん。

このとき上手から女が長さ六尺ばかりの巻紙をひらつかせつつ出て、

女　小林弥太郎はあんただったね。

弥太郎　は、はい。

女　一番勝だよ。（一同に巻紙を示して）よいがうえ、いよいよよいよ、よよのはる。「よ」が七つ。よかったねえ、えらいじゃない。ただし……

そこへ金元が巻紙を、ひらひらさせて登場。

女　……運の悪いことに一番勝がもう一句あるんだよ。今日はみんな出来がいいんだよねえ。

竹里　（弥太郎に笑いかけながら）おれも七つなんだよ。

金元　（頷いて、一同に巻紙を見せて）ながくただ、なづなななつな、たたくかな。「な」が七つだ。

女　賞金の一両は二人仲よく折半におし。

金元　（懐中から紙ひねりを二個とり出し）それ、二分ずつだ。
弥太郎　二分か。一分足りないけど、まあ、いいや。わけをはなせば家には入れてもらえると思うし、ううん、お屋敷の奥様が二分しかくださらなかったといい張る手もある。

トおひねりを受け取ろうとする。がそれを竹里が制して、

竹里　おっと、悪いがこの勝負はこの竹里のものだな。おれの句をよく見てもらいたい。清音と濁音とが多少入れちがってはいるが、下から読んでも（巻紙の句を下から上へ指でさし示しながら）なかくたた、なつなななづな、だたくがな……と同じ句になっている。わかるかい。廻文を仕掛けておいたんだよ。
一同　（両手で口を塞いだり、あけたりしながら）まいった▼な。すげエ▼や。あいた▼口が▼塞がらねエ▼や。

トロを塞いだまま上手や下手へ引っ込む。

金元　（竹里に紙ひねりを二個渡して）懸賞句会の金元をずいぶん長いことやってきたが、同音よみこみを廻文にまで仕立て上げた男は、おめえがはじめてだ。気が付かなかったなあ。

女　（弥太郎に）気の毒に。とんだ鳶に油揚だったね。でも、その年齢《とし》で七つもよみこむなんてずいぶん筋がいいよ。またおいでな。一日、十一日、二十一日、一の字のつく日には、この蔵前界隈で懸賞句会をやっているからさ。

金元　いつまでもここで愚図々々してるんじゃねえぞ。（退場）

女　そう。落っこった連中のなかには腹いせにその筋へ密告《さ》して出るやつもいるからね。（退場）

竹里　（これも退場しながら）ほんとだ、筋がいい。一年ぐらい本腰入れて俳諧をやったらたいていの懸賞句会で一番勝がとれるよ。もっとも会場におれが居たら投句は控えることだ。こっちだって一年たてばずっと腕があがっているだろうからね。この差はちょっくらちょっとじゃ縮まりませんよ。

弥太郎　（大声で）泥棒ッ。

竹里　（とんで引き返し、口を塞ぐ）このへんには、岡っ引下っ引がうようよしてるんだ。そんな大声を出して、踏み込まれたらどうする気だ。

弥太郎　だってずるいじゃないか。
竹里　技倆《うで》の差だよ。
弥太郎　出し抜くなんて卑怯だ。半分くれ。
竹里　冗談じゃない。おい、弥太郎とかいったな。こうなりゃ言ってきかせてやるが、おれたち俳諧師の生命《いのち》はことばだ。百姓には田畑、木樵《きこり》には山、漁師には海、職人には道具、商人《あきんど》には品物、それぞれたしかな相手がある。だが、こっちが相手にすることばというやつは屁の支えにもならぬ頼り甲斐のない代物よ。それでそいつをしっかり摑えとくために、詩情《うたごころ》という重しをつけ、五七五の十七音だの季題だので形式《かたち》をつける。同音読みだって廻文だって、せっかく集めたことばが吹き散ってなくなってしまわねえようにするための形式《かたち》、枠付けなんだ。さっきのおれの句、すくなくともここに集っていた連中は当分忘れやしないだろう。（ト後退しつつ）なぜだ。おれが同音七つの外に廻文という枠をことばにばちっと嵌め込んだからさ。この手柄には御褒美が出て当然なんだ。いいか、弥太郎、おれはおまえさんを出し抜いたんじゃない。おれの方がことばに対してすこしばかりやさしかったのさ。あるいはよりきびしく考えていたというか……
弥太郎　人殺しッ。

竹里　（あわてて戻って弥太郎の口を塞ぐ）なんでおれが人殺しなんだよ。
弥太郎　せめて二分は持って帰らないと、家へ入れてもらえない。この寒さだもの、凍えて死んでしまう。……だから人殺しじゃないか。
竹里　とにかく大声を出すな。たのむ。
弥太郎　明日一日はごはん抜きだ。飢え死にしてしまう。……ね、立派な人殺しだろう。
竹里　叫ぶなったら、困っちまったな……
弥太郎　折れ弓で十も二十も叩かれてしまう。叩き殺されてしまうんだ。ということは……
竹里　待てよ、そうだ。（ト大声で叫ぶ）大川油屋だ！
弥太郎　（竹里の口を塞いで）竹里さんが大声出すことないじゃないか。
竹里　今夜はおれのところへ泊れ。で、明日の朝、いっしょに馬橋《まばし》へ行くんだ。
弥太郎　馬橋？
竹里　松戸宿の先の宿場よ。そこに大川屋という、下総でも一といって二とない、問屋と小売見世を兼ねた大きな油屋がある。旦那は俳号を大川立砂《りゅうさ》といってね、底抜けの善人だ。そのお人柄が句にもあらわれて、決してうまくはないが、しかし大きな句をよむよ。なあ弥太郎、吝嗇《けち》の書道家のところでびくびくして暮すよりはずっといいと思うんだが、どうだい。
弥太郎　いきなりそんなことといわれても……、おれ、困るなあ。
竹里　旦那は俳諧書をたくさん集めておいでだし、その気なら、俳諧の勉強にはもってこいだぜ。
弥太郎　油屋なら夜おそくまで行燈つけて本を読んでいても叱られることはないね。
竹里　それはもうどこもかしこも油だらけだもの、だれも文句はいわないさ。
弥太郎　油屋の小僧か。どんなことをやるんだろう。
竹里　（発句読み上げの口調で）桶洗い御得意廻り火の用心。
弥太郎　ごはんをきちんとたべさせてくれるんだろうか。
竹里　朝茶漬一日二食おやつ芋。
弥太郎　しめて四食か。
竹里　草履から制服《おしきせ》まで貸す老舗《しにせ》哉。
弥太郎　よさそうなお店《みせ》だな。でも……
竹里　経験を問わぬ心の広さ哉。
弥太郎　どうしようか。

竹里　俳諧師に成りたき者とて拒まれず。
弥太郎　ここが一生の分れ道だな。
竹里　年季明けに暖簾分けするありがたさ。
弥太郎　でもお師匠さんに悪いかな。
竹里　下女たちも美人揃いの花の見世。
弥太郎　それなら決めた、（竹里と同じ調子で）葛飾も住めば都ぞ直《す》ぐ発《た》たむ。
竹里　けっこうなことけっこうなこと。

ト極まる。そのとき、二人の下っ引（甲、乙）を従えた岡っ引が、バタバタバタと乱入する。
岡っ引、笛をピーッと吹いて、

岡っ引　ピーッ神妙にしろと笛吹く岡っ引、
下っ引　下っ引など後《あと》に引き連れ。
岡っ引　ピーッ汝《うぬ》めらは懸賞句会の客ならむ、
下っ引　にがにがしくもけしくりからむ。

岡っ引　ピーッ御法度と知って賭け打つ現行犯、
下っ引　いまいましくも腹の立つらむ。
岡っ引　ピーッいざ行かむ元鳥越の自身番、
下っ引　四の五のぬかすな神妙にせよ。

ト妙な付合《つけあい》をしつつ竹里と弥太郎にせまる。岡っ引、五度目の笛を吹くがなぜか鶯。

弥太郎　鶯の笛もみえすく捕手《とりて》かな、
竹里　おまえのためにおれが巻き添え。

竹里が腹立たしそうに弥太郎を睨みつける。だが、そのとき突然、五十七、八歳の恰幅のいい、眼鏡男が、

金兵衛　忠八、忠八はどこです。家主のわたしが四、五日、町内を留守にするとたちまち箍《たが》がゆるんでこのていたらくだ、油断も隙もあったものじゃない。忠八！

ト呼び立てながら登場するので、弥太郎、竹里、岡っ引、下っ引たち、気が抜けて、やれやれといった表情になる。

やや暗かった照明《あかり》がカーッと明るくなるが、ただし平板《フラット》な明るさ。

弐　芝居仕立て

照明が明るくなったことで「壱」の場面では見えなかったところ顕われてくる。たとえば、上手袖の「自身番」と記された腰高障子。同じく下手袖の「浅草元鳥越町」と書かれた腰高障子。左右の板壁の上方にいくつか並ぶ「浅草元鳥越町自身番」と名の入った提灯。下手板壁の下方、それも奥の方にぶらさがった数冊の分厚い帳面。土間の中央に大きな炉が切ってある。

壱の懸賞句会で金元を演じていた男が、家主金兵衛の前に出て、

忠八　お帰りなさいまし、金兵衛さん。
金兵衛　お帰りなさいましじゃありませんよ、忠八。そこんとこの溝板《どぶいた》が一枚腐りかけているよ。
忠八　へ、明朝一番に直しておきます。
金兵衛　横んところはゴミの山。それから大きな古桶が三つばかり転がっていたね。
忠八　へ、明朝一番……、二番に片付けておきます。

金兵衛　それと、屋根の重し石が三個足りなくなっている。

忠八　沢庵の重しにちょうどいいなんていって持ってっちまうやつがいるんです。三人とも目星はついていますから、明朝三番にさっそく……

金兵衛　明朝明朝ってみんな明日にのばしちまうんだから、おまえも相当な怠け者だよ。いいかい忠八、自身番の番人てもんは骨身を惜しんじゃいけませんよ。

忠八　へ、それはよくわかっているんですが、じつは今夜は……

金兵衛　とくにこの浅草蔵前元鳥越町は、住人の頭数が二千と五百、江戸八百八町で一番大きな町内なんです。江戸で一番というだけじゃない、日本全国六十余州のどこを探したって、この元鳥越町ほど大きな町内はありゃしません。忠八はその日本一の町内の自身番の番人なんだから、日本一きびきびとよく働かなくちゃいけません。他の町内の番人の手本となるよう心掛けなくちゃァ……（喋っているうちにようやく周囲に注意が行って）おや、からくりの弥二郎親分……

壱の場面で下っ引に扮していた二人の男が岡っ引をやっていた男の指図をうけながら、竹里を演じていた男に足枷をかけ、足枷の縄の端を、上手に立つ柱に結んでいる。

金兵衛　親分というより、こんなときは表向きの渡世のからくり時計師の弥二郎さん、と呼ぶべきかもしれないが、ねえ、わたしんとこの時計を暇なときに見てやってくださいませんか。真夜中のウシミツになるときっと止まってしまうんですがね。

からくり　（壱の場面で岡っ引だった男）ウシミツどきには草木も眠るってえぐらいだ、時計が眠っても不思議はねえでしょう。

金兵衛　天下一の時計師がそういう良《い》い加減なことをいってはぐらかしちゃいけないね。それから膠《にかわ》の三蔵さん、うちのばあさんが、そのうち障子の貼り替えにきておくれ、といってましたよ。

膠　（壱の場面で下っ引甲だった男）このところちょいと取り込んでおりますんで、月末になりませんと……

金兵衛　来月にこぼれても構いやしませんよ。正月に新しい障子越しに鶯が聞ければいいんだから。（足枷を見てぎょっとする）風鈴そばの善四郎さん、足枷とはおだやかじゃありませんな。何者です、その男は？

風鈴　（壱の場面で下っ引乙だった男）ケチな飯《めし》泥棒でさ。

金兵衛　飯泥棒？　どこかのめし屋で只喰《ただぐ》いでもしたのかい。

めし泥（壱の場面で竹里だった男）そ、それがちがうのでして……。えー、そのー。

（ふっと肩を落して黙ってしまう）

下手の土間で半紙や懐紙に記した台詞の抜書《ぬきがき》をぶつぶつ暗誦し、また焼栗をこしらえるつもりだろう、炉に栗を埋めていた四人の男がこのとき顔をあげて、

雲龍（壱の場面で雲水だった男）わしと竹町之渡の船頭吾助さんと貸本屋の源七さんの三人で捕えたのじゃ。今日の夕景のことだが、寿松院の境内で源七さんに本を見せてもらいながら、式亭三馬の『浮世風呂』と曲亭馬琴の『椿説弓張月』とでは、どっちが上等の作かと埒もない議論を戦わせておったところへ……

源七（壱の場面で句会の客だった男）貸本屋の亭主としちゃア断然、三馬の肩を持つ。いいえ、持たざるを得ません。三馬には花がある。その花に女がとびつきます。したがって三馬は引っぱり凧です。ところが馬琴は硬くて、こなれが悪い。三馬と馬琴、どっちも馬の字がつきますが、うまい商売になるのは三馬の方です。

金兵衛（雲龍に）それからどうしました？

雲龍　旅籠《はたご》「菊屋」の番頭の藤六さんの「泥棒だ、雲龍さん、つかまえてくれ」と叫

藤六　ぶ声がした。みると、その男が釜を両手で捧げ持ってかけてくる……
(壱の場面で句会の客だった男) かまどで蒸していた飯《めし》を、そいつ、裏口からさっと入って来て、布巾で釜の持ち手を摑むや、とっとっとと逃げ出したんです。菊屋に奉公に入って十二年になりますが、炊き立ての飯を釜ごと盗《と》ろうとしたやつは、そいつがはじめてだ。おどろきました。

雲龍　突然なので、なにをすべきかわからん。

源七　雲龍さんと二人でぽーっと見ているばかり。

藤六　すると横合いから竹竿を突き出して、そいつの向脛をがーんとやった勇ましい男がいた。その勇ましい男というのが竹町之渡の船頭吾助さん。さ、出番ですよ、吾助さん。

吾助　(壱の場面で句会の客だった男) よしとくれ、藤六さん、あんまり持ち上げられると頭が天井につかえてしまう。なにね、愛用の竹棹にひびが入っちまったんで、家へ持って帰って物干竿にしようと担いで歩いていただけのことさ。今日、おれの竹棹にひび割れが入ったのがそいつには不運だったたね。

金兵衛　ふーん、するとこのめし泥棒は、二、三日、この自身番の預りってことになりますか……(トまた改めて見回して) なんだい、忠八、内部《なか》の様子がどうもいつもとちがうと思ったら、あれがありませんよ、あれが。ほれ、わたしのお気に入りの書きもの机。桐の柾目の、札差の井筒屋さんからいただいた……

忠八　あのう、物置に押し込んであります。

金兵衛　傷でも拵《こさ》えたらどうするんです。だいたいが、この町内、そしてこの自身番をお預かりしているのはわたしなんだ。自身番のものは、たとえ火鉢の中の炭火ひとつでも、わたしの許しなしに動かしちゃいけない。机の上にあった硯はどうした。やはり井筒屋の、八郎右衛門さんから頂戴した甲斐国名産の雨端《あめばた》石の硯……

忠八　それも物置で。えーと、奥の棚の上……

金兵衛　落っこって欠けでもしたら、わたしは縊《くび》れて死んじゃうから。そして毎晩、忠八の枕許に化けて出てやる。あの硯は井筒屋八郎右衛門さん御愛用の、由緒ある品なんだよ。蔵前札差井筒屋、その井筒屋の御当主、五代目八郎右衛門さんがどういうお方か、おまえもみなさん同様鳥越明神の俳諧座の連衆のひとり、下手ながら発句のひとつも捻ろうというのだから知らないはずはない。井筒屋さんはね……

忠八　じつはあの有名な俳諧師の夏目成美《なつめせいび》でしょう。いくらなんだってそれぐらいは知ってますよ。

金兵衛　「有名な」だって？　そういうことをいっているから、おまえさんの発句はいつまでもぴかぴかと光らないんだよ。夏目成美に、書道家の建部巣兆《たけべそうちょう》と医者の鈴木道彦《みちひこ》を加えて「江戸の三大俳諧師」、あるいは「江戸三大家」と称する。これが世間の通り相場、「有名」を五、六個つなげたぐらい有名なお方だ。夏目成美愛用の、となればどんな道具屋でも五両は……、あれ、本箱もない。

忠八　あのう……

金兵衛　やはり物置行きかい。

忠八　へ。

金兵衛　持っといで。

忠八　ですが、ここを広くしないといけませんから。余計なものは片付けて、広くして、それで舞台を拵えて……

金兵衛　いい加減にしなさい。ここは芝居小屋じゃない、自身番ですよ。

このとき、それまで下手の奥で、壱の場面で弥太郎を演じた男の相手になって抜書を読んでいた女がにやにやしながら金兵衛のそばへやってくる。

お園　（壱の場面で金元の情婦だった女）忠八さんばかりいじめちゃいけませんよ。机や本箱を片付けさせたのはあたしたちなんだから。

金兵衛　おや、水茶屋「梅園」のお園さんじゃないか。

お園　十一月になってから一度もお茶をのみに見えない、どうしたのかしらと思っていたら、下総の香取神宮へおまいりに行ってたそうね。それで潮来《いたこ》の女郎衆はどうでした。やさしくしてくれた？

金兵衛　それはもう……、そんなことはどうでもいい。お園さん、こりゃいったいどういうことです。

お園　これは五十嵐の旦那の御吟味なの。

金兵衛　五十嵐の旦那というと八丁堀の？

お園　そう。札差会所見廻同心見習、五十嵐の旦那の御吟味芝居。

チョーンと柝《き》が入る。

壱の場面で弥太郎を演じた男が、自分で柝を打ちながら、舞台前面へ出て来て、

五十嵐　さっきから金兵衛さんは井筒屋井筒屋、成美成美といっていたようだが、その井筒屋から四百八十両、盗んだ野郎がいるんだよ。

金兵衛は仰天、口をぱくぱくさせているばかり。

五十嵐　もっと詳しくいうと、角田川の向岸、多田の森にある夏目成美の寮の手文庫から四百八十両という大金が消え失せた。
金兵衛　い、いつの話です？
五十嵐　五日前の十一月三日の朝だ。金兵衛さんが下総に発《た》ったのはたしか二日の明け方だったろう。つまりそのあくる日のことになる。
忠八　よかったですねえ。金兵衛さんが盗《と》ったんじゃないってことだけははっきりしているもの。
金兵衛　うん、よかっ……、忠八、ひっぱたくよ、しまいにゃ。それで五十嵐の旦那、十両盗んでも首が飛ぶというのに、四百八十両も盗み出した図太い奴は、一体、どこのどいつです。
五十嵐　それがどうもおれにはよくわからねえ。頭の痛いことさ。

五十嵐は腰のうしろから十手を抜いて、肩を叩きながら情けなさそうな表情になる。
なお、五十嵐の服装《いでたち》は、番頭の拵え。その上に裾短かの黒羽織を軽く引っかけている。
一方、めし泥と金兵衛を除く全員は自信たっぷりの顔付。

からくり　この一件の経過だが、最初に嗅ぎつけたのは風鈴そばの善四郎だ。
風鈴　十一月三日の夜、角田川の向岸、本所石原河岸通を両国橋に向ってチリリンチリリン風鈴鳴らして通りかかると、多田の森の東江寺の墓場でサクサクと土を掘る音がした。この夜更に薄ッ気味の悪い……と一瞬ふるえ上ったが、そこは腐っても鯛、たとえ怯えても下っ引。手前《てめえ》で手前をはげましてそっと覗いてみると男が二人、そのへんを掘り散らかしている。やがて年輩の方の男が、
「久蔵、また明晩ということにしよう。わしはもうふらふらだよ」
弱音を吐いて墓地の隣りの結構な別荘へ歩き出した。ひどく右足を引きずって……
金兵衛　井筒屋の御当主だよ、それは。夏目成美は若い時分から右足が不自由なんで

す。それに算盤や筆より重いものを持ったことのないお方だもの、弱音を吐いて当り前だ。もうひとりの久蔵と呼ばれた男は井筒屋の番頭さんだよ。この人もなかなかの俳諧師です。

からくり　風鈴から話を聞いて、あくる四日に、膠の三蔵を成美の寮へ送り込んだ。膠は十五、六の時分から、成美の寮の障子の貼り替えに通《かよ》っている。

金兵衛　それはわたしも知ってますよ。こっそり様子を探るには打ってつけですな。

膠　へえ、飯炊き婆さんに半襟を一枚手土産に持って行ってやったら、いやもうよく喋ること。それで婆さんの話をまとめると、こうです。十一月二日午前《ひるまえ》、夏目成美は屋形船を仕立てて俳諧師仲間数人と角田川へ紅葉《もみじ》見物に出かけた。婆さんと治作という年寄の下男は半日、暇をもらって家へ帰った。夕方近くになって、その無人の寮へ俳諧師の小林一茶がやってきた。下総の俳諧好きの旦那衆のところを八十日ばかり転々とし、帰りがけに貰う草鞋《わらじ》銭を貯め回っていたのだが、冬を越すために江戸へ帰ってきたわけですな。

金兵衛　わたしの知ってる人の名前ばかりそう矢継ぎ早やに並べ立てないでもらいたいな、心臓に悪いから。……で、その一茶というのは、柳橋の、同朋町の裏の借家に住む、あの……

お園　そう、あの一茶さん。あたしの俳諧のお師匠《つしょ》さんの、あの一茶なの。
金兵衛　三日に一度はこの自身番の前を通る、あの……
雲龍　うむ、あの一茶だよ。
金兵衛　猪首《いくび》、赤ら顔、ちびだが小肥《こぶとり》、そうして怒り肩のあの……
忠八　くどいんですよ、金兵衛さんも。まちがいなくあの乞食俳諧師が図太い盗っ人野郎だったんで。
膠　それまでも一茶はなにかというと成美の寮へ出かけて行って、煤払い、庭掃き、廊下の雑巾掛け、留守居番なぞを引き受けては、あったかい飯とふわふわの布団にありついていた。それでその日もそういうつもりで寄ったんだろうね。さて、夜に入って成美は番頭の久蔵と一緒に寮へ帰ってきた。前後して飯炊き婆さんと下男の治作も戻った。一茶、成美、久蔵の三人は半刻《はんとき》ばかり四方山話に打ち興じ、やがて一茶は便所の隣りの行燈《あんどん》部屋兼布団部屋へ入った。あくる日、十一月三日の朝、蔵前の井筒屋本宅へ戻る番頭久蔵に、手文庫のなかにしまっておいた四百八十両を託そうと思い、成美は手文庫の錠前を外した。……空っぽだった。紅葉見物に出かける前にたしかにあった四百八十両、煙の如く消え失せていた。
からくり　とまあそういうことなのさ。金兵衛さん。三日、四日、五日、六日、七日、そして今日と一茶は禁足の足止め。成美と久蔵は一茶を詰問し、暇を見ては東江寺の墓地を掘っている。一茶は成美の寮から一歩も外へ出ていない。出たとしても隣りの東江寺どまりだ。成美は、四百八十両を隠すとすれば寮の庭か東江寺と素人考えに考えたらしいが、悪くはねえ着眼だ。このからくり弥二郎だってやっぱり東江寺に目をつけるね。

金兵衛　しかしどうも、まだピシャリと胸に納まらないところがあるねえ。そこまでわかっていなさるならば、寮へ踏み込んで現場をお調べになったらどんなものです。一茶を、おどして、すかして、上からきめつけ、下からおだてして、ぐいぐい問い詰めなさったらいかがです。成美、久蔵、飯炊き婆さん、そして下男、この四人からもいろいろ聞き出して御吟味をお進めになればいい。御吟味芝居とかいうやつがどんな仕掛けのものか知りませんが、あたしにはみなさんが遊び呆《ほう》けているとしか見えませんね。はっきりいえば飛んだ遠回り。大坂へ行こうとして蝦夷《えぞ》へ向い、吉原へ遊びに行こうとして江戸の御城へかけつけるようなものですよ。

五十嵐　そう決めつけちまっては明神座のみんなが可哀想だよ、金兵衛さん。なにしろこれは明神座の連衆がこの新米同心見習の五十嵐俊介に「どうぞ見事な初手柄を」という暖かい思召しで仕組んでくださった芝居なんですから。
お園　みんな五十嵐の旦那に夢中なんですよ。
吾助　そうよ、なによりも八丁堀の旦那にしちゃア腰が低いもんな。
五十嵐　与力筆頭の伯父貴の引きで蔵前の札差会所見廻同心見習になってまだひと月も経《た》っちゃいませんもの。その前の市村座の狂言作者部屋に住み込んでいた頃の癖が抜けていないだけのはなしですよ。一年もすれば（ト懐中から台詞の抜書を出して金兵衛につきつけ）「これこれ家主金兵衛、御吟味芝居の役者どもの頭数が足りぬので困惑しきっておったところじゃ。その方も芝居につき合《お》うてくれい。これが台詞の抜書じゃ。いやだとはいわさんぞ」なんて大きな口のきき方をするかもしれません。御用心御用心……
雲龍　とにかく気さくで明るい、そこが何よりじゃ。
五十嵐　十二歳の時に阿蘭陀疫痢で、両親《ふたおや》に姉と弟を一遍になくしてしまったんですがね、葬式の時もぴかぴかの笑い顔をしていたらしく、今でも伯父貴に会うたびに叱られる。明るいというよりどっか一本抜けているんでしょうね。
藤六　これで容貌《かお》が二枚目なら、わたしなぞは大いに妬《や》くところですよ。
五十嵐　おのれの容貌《かお》をよく知っているからこそ、役者ではなく狂言作者を志したんです。

源七　いまどきのお若い方には珍しい書物の虫、いいお得意様とめぐり合いました。

忠八　よく奢ってくださいます。太ッ腹なんだ。

風鈴　おかみさんに暖かい饅頭でも買ってお帰り。

膠　坊やに飴を買っておやり。

からくり　ってね、わたしども手下にもちょいちょいお心付をくださる。ご出世まちがいなしのお人柄だ。五年もすれば八丁堀同心衆の花形、定町《じょう》廻り同心にご栄転。これはたしかだ。

お園　あたしがあと十歳《とお》若ければ水茶屋を売って、そのお金で買えるだけの手鍋を買って、八丁堀の御役宅へ押しかけちまう。

金兵衛　なんだか太鼓持の総会に出ているような気になってきた。

お園　皮肉っちゃいけませんよ。みんな本気なんだから。とにかくからくりの親分から成美の寮での一件をちらっと洩れ聞いて、ちょいと出過ぎた真似かもしれないが、五十嵐の旦那《だんな》に初手柄を立てさせてさしあげようと相談がまとまった。

雲龍　というのは、わしらはみんなどこかで一茶と会っておるのだが、どれもこれもいやな思い出ばかりなのさ。それぞれの持つ一茶との思い出がすべて「一茶は黒《クロ》」と出ている。その上、わしらの一茶との関わり合いを並べ積み上げて行くと、一茶には四百八十両盗まねばならぬ事情があったということがはっきりするんだな。御吟味芝居の中身は、そういうわけで、わしらと一茶との思い出を団子よろしく並べて串刺しにしたもの。

忠八　金兵衛さんにもなにかありませんか。あるんだったら五十嵐の旦那におっしゃったらいい。昔、というよりこのあいだまでとっていた狂言作者見習の杵柄《きねづか》、この場で立ちどころに芝居に書いてくださいますよ。

金兵衛　そりゃないこともない。……わたしがここで書きものをしてるでしょ。すると三日に一遍ぐらいの割で、一茶がすーっと前を通る。目が合えば黙礼を交す。合わなければ一茶が通ったかどうかもわからない、と、まあ、そういうことがあった。それから、えーと……

忠八　芝居には向かないんだな、金兵衛さんて。

金兵衛　余計なお世話だよ、それでだれが一茶をやるんです。

五十嵐　わたし。

金兵衛　いいんですか、そんな馬鹿なことをやってても。八丁堀与力筆頭の伯父さんに叱られやしませんか。

五十嵐　（はじめて意気込んで）よくよく考えてみるとこれしか吟味のしようがないんですよ。まず、このたびの一件には人死《ひとじに》も怪我人も出ていない。加えて成美と久蔵は四百八十両紛失をどこへも届け出ていない。なにか理由があって隠し通そうとしているらしいんです。

からくり　人死か怪我人があれば十手ふりかざして成美の寮にでも、また本宅にでも踏み込めるんだが、そうはいかない。「金なんぞなくなっていませんよ」といわれたらそれでおしまいだ。現に、この弥二郎、番頭久蔵にその手でぴしゃりとはねつけられているんだ。

五十嵐　そこでこうやって小林一茶という、乞食俳諧師の人となりをよくごぞんじのみなさんのはなしをじっくり聞いて一茶の核心に迫って行くほかに道はない。それにわたしが一茶を演じたと知れば伯父貴は手を打ってよろこぶはずです。

金兵衛　まさか……

五十嵐　生まれてはじめて蔵前の見廻に出かけようとしていたわたしに伯父貴がこういった。「俊介、どんな事件にぶつかっても、犯人《ほし》の立場に立って考える、というのを忘れてはいかんぞ、これですべての事件の糸はひとりでにほぐれてくる。いいな、犯人《ほし》の目星をつけるときには、自分が犯人《ほし》になってみることだ」ってね。

いま、最も怪しいやつは一茶でしょう、だからその一茶の身になり、そしてなり切れれば、この妙な事件もひとりでに糸がほどけて……

金兵衛　出世なさいますよ、五十嵐の旦那。

五十嵐　気に入りませんか。

金兵衛　とにかくなにかやらせていただきましょう。せっかく来たんだから、なにかやりますよ。

五十嵐　竹里という葛飾派の俳諧師をおねがいしようと思ってたんですが、なかなかお見えにならないので、そこにつながれているめし泥棒に押しつけました。ところが、これがばかにいい芝居をするんだ。おい、めし泥、おまえ、どっかで役者をやっていたことがあるんじゃないのかい？

めし泥　いいえ、とんでもない。

五十嵐　ふーん、そうかな。

金兵衛　わたしよりそいつがやる方がずっといいってわけですな。

五十嵐　そういうことじゃありませんが、金兵衛さんには大川立砂という素人俳諧師をおねがいしようかな。下総は馬橋の、大きな油屋の御主人です。さっき台詞の抜書をさしあげましたが……

金兵衛　（抜書を出してめくりながら）油屋が正業、趣味が俳諧。成美さんと同じく遊《ゆう》俳《はい》だな。

めし泥　あのう家主さん、わたしは抜けます。竹里役をお返しいたします……

それまで一所懸命に暗誦していた抜書を金兵衛に、たてまつるが如く差し出す。めし泥の抜書は半紙で二十枚近くある。金兵衛は、自分の持っている半紙一枚の抜書と見較べて、

金兵衛　こっちで結構。

見ていた五十嵐、大きく頷いて柝を打つ。照明がすとんと落ちる。

参　最上川の歌仙

下手袖で語り出す貸本屋源七。

源七　水茶屋「梅園」のお園さんは、月に一回、五合のお酒をお土産に、一茶から俳諧を教わっておいでだ。一茶はその酒に酔うと、きまってさっきの懸賞句会のことをお園さんに話すのだそうですが、落した三分のお金、これを手に入れようとして懸賞句会にもぐり込んだ。これは大事なところだとおもいますよ。つまり一茶という俳諧師は、そもそも「俳諧で銭を摑もう」という不埒な考えを持ってこの道へ足を踏み入れたんですな。三十三年前のその考えが、いまだに改まっていないとすると四百八十両を盗《と》ってもなんのふしぎも……。いやお先走りはやめときましょう。推し測るのは五十嵐の旦那の御役目、考えるのは旦那にお任せしておきましょ。

懸賞句会の場で、もうひとつ引っかかったのは、奥信濃の柏原村から出てきた一茶の最初の奉公先が上野下谷の錠前屋だったことです。半年でその錠前屋をやめ、根岸の小野松風という書道家のところへ住みかえたというが、とにかく一茶は錠前をいじることができた。成美の寮の手文庫の錠前も、その一茶の手にかかれば……またお先走りをしてしまいましたかな。

一茶に点がからいのには、理由《わけ》がある。そう、あれはたしかいまから二十三年前、天明七の未《ひつじ》歳の春のことです。わたしはちょうど二十歳《はたち》。一茶は……その時分はまだ弥太郎といってましたが、わたしより五つ年上、二十五だったはずです。そのころのわたしは浅草広小路の貸本屋「立花屋」の担ぎ人をしておりました。番頭さんの言いつけでお得意様へ書物を届け、帰りに前回届けておいた書物を背負《しょ》って帰ってくる、むろんお金も帰り際にいただくわけですが、立花屋の上得意のなかに馬橋の大川立砂がいた。たいした読書家で、そうですな、月に四、五十冊はお届けしていたと思いますよ。弥太郎とはその大川立砂さんのところで会いました。

照明が入る。

下手に小川。中央に大きな油桶が四つ、五つ。手前の桶を、弥太郎が灰をつけた束子《たわし》で洗っている。奥の方で同じように桶を洗っているのは大川立砂の姪およね

（十八歳）。

源七　江戸川を、矢切渡《やぎりのわたし》のもうちょっと上流《かみ》の水天宮の船着場でおりまして、「のどかさや同じところに鳶の舞」という句がありますが、その鳶の舞うのを眺めながら、のどかな野原《のっぱら》を小川に沿って東へ半里、すると油桶の洗い場がある。ここからもう大川油屋の敷地で……。（弥太郎に呼びかける）油桶というやつはときどき洗って蔭干にし、休ませてやらぬと半分の寿命で終ってしまうんだそうでございますね。

いつの間にか源七は大きな風呂敷包を背負い、左手に小さな風呂敷包をさげている。

源七　浅草広小路「立花屋」の源七でございます。

弥太郎　（いきなり挨拶抜きで）あれ、手に入れてくれたかい。芭蕉翁の『最上川の歌仙』。おくのほそみち行脚中の芭蕉翁が、出羽国大石田の船問屋平野一栄《いちえい》の家で巻いた四吟歌仙。芭蕉翁、その門人で付添の曾良《そら》、平野一栄、そして一栄の俳諧仲間の川水《せんすい》、この四人で巻いた歌仙だよ。芭蕉翁の発句が「さみだれをあつめてすずしもがみ川」というやつ。

源七、左手の風呂敷包の書物から小さく畳んだ一枚の半紙をとりだして、

源七　脇句は亭主役の一栄で、「岸にほたるを繋ぐ舟杭」と付けておりますよ。江戸川をのぼる舟のなかで、ちょいと覗かせていただきました。

弥太郎　（その半紙の刷り物を引ったくるように取って）「さみだれをあつめてすずしもがみ川」という発句の付けが「岸にほたるを繋ぐ舟杭」か。「芭蕉翁よ、あなたのような珍客を我が家に繋ぎ止めることができてうれしい」という挨拶の心で付けているわけだな。おとなしいが、しかしうまい付けだ。

源七　ちかごろまで江戸俳諧を蕪村と二分しておいでだった大島蓼《りょう》太《た》さんが、十六年ばかり前、自ら出羽国大石田へお出かけになって、平野家に家宝として伝えられていた原本を写し、板木に彫って五十部刷り、門人二千人のうち重だった者に頒けあたえられました。それはその五十部のうちのひとつです。いやあ、手に入れるのにずいぶん骨身を削りましたわ。お買い上げくださるんでしたら一両は頂戴しませんと、算盤が……

弥太郎　（ぶつぶつ呟きながら半紙から目を上げ、カッと源七を睨みつける。歌仙に感動しているのである）

源七　（弥太郎の眼光にタジタジとなって）お買い上げいただかなくとも、ひと月は借りていただきませんと採算がとれません。ひと月の貸し賃となりますと一両の半分の二分でございますが……

弥太郎　今夜はここへ泊るんだろ。

源七　へい。見世の二階の、いつもの六畳に泊めていただくことになっております。あなたの隣り部屋で……

弥太郎　それじゃ、今晩筆写して、明日の朝返すよ。ひと月二分なら、一日では七十文ってところだな。

源七　そんな殺生な。

弥太郎　（また、カーッと睨む）

源七　あなたの外に借り手はおりませんし、正直申し上げると、仕入れた値段が五百文。ですからどうしても一分はいただきたい……

弥太郎　（いっそうカーッと睨みつける）

源七　な、なんだか蛇に睨まれたときの蛙の心持がわかるような気がするな。どうも胸苦しくなってきた。わかりましたよ、七十文でよろしゅうございますよ。
弥太郎　付け！
源七　付け？　くそっ。こっちは自棄《やけ》だ。もう勝手にしてください。これからは何を頼まれたって聞きゃしませんから。

源七、上手へ去る。

弥太郎　この付け、この呼吸。さすがだなあ。（ト源七のいたところを見る。だが、いないので）あれ、客に挨拶もしないで行ってしまいやがった。

およねが笑いながら出て来て、弥太郎の洗い残した油桶をごしごしやりはじめる。きれいな娘である。

およね　弥太郎さんが「付け」って怒鳴ったでしょ。だもので担ぎ人さんはカンカンだったわよ。
弥太郎　その「付け」と早とちりしやがったか。すると明日の朝は七十文払わずにすむんだな。しめしめもっけのさいわいだ。
およね　わたしが払っときましょうか。担ぎ人さんが可哀そうだし、なによりも七十文で弥太郎さんが悪く言われたりしたら、わたし、辛いもの。
弥太郎　放っとけ放っとけ。どうせあいつ、おれで損した分を旦那で儲けるんだから。それよりもおよねさん、連句がわかるかい。
およね　旦那さんと弥太郎さんが座敷でよくやっているやつでしょ。五七五の長句に七七の短句をくっつける。で、次は短句に長句をくっつける。それをかわるがわるにやって、いくつか並んだらやめる。えーと、三十六句だったかしら。
弥太郎　三十六句で一巻巻き上げたものを三十六歌仙にちなんで歌仙というんだが、この『最上川の歌仙』を見てみろ、凄い付合《つけあい》だぜ。いいかい、たとえばここに曾良の「たきものの名を暁とかこちたる」という長句がある。意味《こころ》は判るな。
およね　（首を傾げて、頰咲《ほおえ》む）
弥太郎　男の来るのを待ちながら、女が香を焚いている。たまたま焚いた香の銘が「暁」というものだった。香のその銘が女を悲しませる。「暁」……。あの人は暁まで待ってもわたしに逢いには来てくれないかもしれない、ひょっとしたら他に女ができたのかもしれない……

およね　(手を休めて聞き入る)

弥太郎　(以下次第に興奮して行く) さてこの長句に、川水が「つま紅《べに》うつる双六《すごろく》のいし」と付ける。爪を紅筆《べにふで》がわりにして唇に紅を塗るぐらいの女だから、これは女郎かもしれないが、とにかくその爪先の紅がさらに双六の石にくっついていると いう情景だ。この長句と短句で、どこかの宿場の遊廓で情夫《まぶ》を待ちながら香を焚き所在なく双六をやっている、淋しい姿が浮び上ってくるだろう。

およね　しとしとと雨の降る夜のこと、かもしれないわね。

弥太郎　さあ、今度は一栄が「巻きあぐる簾《すだれ》にちごのはひ入《いり》て」と付けた。この長句で、がらっと情景が変る。第一に時刻が夜から午後に変る。淋しさがたのしさなごやかさに変る。いいかい、爪で紅を塗るような、粋で、元気のいい若い母親が陽気に笑いながら双六遊びの真ッ最中、簾の向うで寐ていた「ちご」、すなわち子どもが、母親の笑い声で目をさました。そして簾の下をくぐってこっちへ這って出てくる……

およね　二年後か、三年後の、わたしたちみたい。弥太郎さんとわたしが双六遊びをしている。そこへ坊やが這ってきて……

弥太郎　どうして自分にひきつけて考えてしまうんだい、だから女に俳諧は向かないなんていわれるんだよ。さて、一栄の「巻きあぐる簾にちごのはひ入て」に、芭蕉翁がどう付けるか。どのように局面を転回させるか。芭蕉翁の付けがすばらしい。こうだ。「煩《わずら》ふひとに告《つ》るあきかぜ」。（ほとんど泣いている）あざやかだねえ、みごとだねえ、わびしいねえ、切ないねえ。

およね　弥太郎さん、だいじょうぶ？

弥太郎　「巻きあぐる簾にちごのはひ入て、煩ふひとに告るあきかぜ」。この意味《こころ》がわかるかい。わかるだろう。わかるべきだ。わからなければおよねさんは人間《ひと》じゃない。鬼か蛇《じゃ》だ。わかれ。

およね　（必死で）秋の風が簾の下の端を吹き上げている……

弥太郎　うん。

およね　なかでは子どもの母が病んで寝ている……

弥太郎　（拳で眼を擦りながら）うん、うん。

およね　ああ秋になったのねと心付くのと、無邪気な幼子が枕許に寄ってくるのとが同時なので、さびしさわびしさ切なさの感じがひとしおも、ふたしおも……

弥太郎　このちごが三歳のときのおれなんだ。そうして「煩ふひと」が母なんだ。母が思いをおれに残しつつ世を去ったのは八月十七日、秋風が吹いていたにちがいない。母を慕って秋風とともに這い寄る弥太郎、そんな我が子を見て、自分の亡き後の子の行末を案ずる母……（ト泣いてから）こういうふうに自分に引きつけてしまってはいけないのであって……

およねは袂で弥太郎の頬の涙を拭いてやる。

弥太郎　人事から秋の季への、目のさめるような転換。陽気さからもののあわれへの転回。すごいとは思わないかい。句を付け加えるたびごとに、情景が、場面がぐわらり、ぐわらりと音をたてて変って行く。この歌仙、俳諧の真髄だな。

竹里　よッ、御両人。

下手に竹里が立っていた。色あせた十徳に旅行李。笠と杖。およねは油桶のかげに入って、桶洗いをつづける。

竹里　いまのが立砂の旦那の姪御さんか。

弥太郎　そう。およねさんというんだ。

竹里　いい娘《こ》じゃないか。今年の秋に祝言するそうだが、おめでとう。
弥太郎　どうして竹里さんがそんなことを……
竹里　立砂の旦那からの書状に逐一書いてあったのさ。暖簾を分けてもらって、市川に油屋の見世を出すんだってね。よかったな。
弥太郎　まあね……
竹里　だが、この竹里にいわせれば、おまえさんの努力がそういう幸運を招き寄せたのだ。当然といえば当然、この十年間、ほんとうにおまえはよく働いたものな。立砂の旦那は、おれの顔をみると二言目には「竹里さん、いい若者をお世話くださいました」と手を合わせんばかりにしていってくださる。おかげで肩身が広いや。おまけに帰りの草鞋銭もたんまり。弥太郎、これからは、よりいっそうよろしくたのむぞ。
弥太郎　はあ？
竹里　おまえの店にも厄介になりますよってこと。おまえがおれの旦那になるの。おまえの俳諧連句の会席に招いてもらうの。たのしく二人で歌仙を巻こうじゃないか。帰るときに草鞋銭を包んでくれるのを忘れちゃいけねえぜ。
弥太郎　うん……

竹里　おまえはこの数年めきめき腕をあげたからふたりで付合《つけあ》うのがたのしみだよ。それにしても、はじめの頃のおまえときたら、ひどい句を拵《こさ》えていたねえ。なんだっけ、おまえの最初の句は。ほら、懸賞句会で捕まって、自身番に三日三晩とめおかれただろう。足枷かけられたままぼんやりしているのも気がきかないはなしだから、暇潰しにおまえに俳諧の手ほどきをした。そして四日目の夕方、所持金を一文残らず没収された上で、お構いなしの身の上になった。江戸八百八町に雪が降っていた。そのときの句だよ。

弥太郎　（仏頂面《づら》で）思い出が通りすぎて行く雪のまち、ですか。

竹里　夜どおしとぼとぼ歩いて、亀戸《かめいど》村の外れで夜が明けた。そのときまた一句。

弥太郎　悲しみを夜明けのうたが流し去る。

竹里　鍛冶屋で水を御馳走になったな。

弥太郎　槌うちのしばしもやまぬ鍛冶屋かな。

竹里　小岩村の一膳めし屋の前を通ったときおまえ空腹かかえて涙をためていた。

弥太郎　上向いて歩めば涙はこぼれまじ。

竹里　めし屋の隣りの薪《まき》屋で小僧の木を切るのを見て、

弥太郎　小僧めが木を切るヘイヘイヘイヘイホー。

竹里　小僧の近くに珍しく黒土が顔を出しており蟻が十匹ばかり這い出してきた。それを見て、

弥太郎　（乗せられてしまっている）蟻行けばあんまり急いでこっつんこ。

竹里　小僧のそばへ子守の女の子がやってきておしゃべりをはじめた。桶屋のおかみさんが凄い見幕で怒って子守を使いに出した。

弥太郎　叱らるるあの子まちまでお使いに。

竹里　そこで江戸川を震えて渡りながら説教した。次々に発句をひねり出すところはなかなか見事だ、しかし季題のない句が多すぎるぞ、とね。そうこうするうちに東風が吹いてきて、

弥太郎　東風《こち》吹いてどこかで春が生まれてる。

竹里　小川に沿って、この桶洗い場へ歩いてきたっけな。

弥太郎　さらさらと流るる春の小川かな。

竹里　いま、およねさんのいるあたりで小川を覗き込むと目高が群れていた。

弥太郎　目高等《ら》の寺子屋などは川の中。

竹里　夕景になっていた。烏が飛んで行く。

弥太郎　なぜ啼くや烏は山に子があるか。

竹里　すると向うから立砂の旦那が初孫のお美代さんの手を引いてやってくるのが見えた。お美代ちゃんは歩き初《ぞ》めとかで赤い花緒の草履をはいていた。
弥太郎　歩き初め赤い花緒のジョジョはいて。
竹里　ほんとうに下手糞だったたな。
弥太郎　そうかな。おれは今でも悪くない出来だと思っているけど。たしかに技倆《うで》が未熟で、句にもなんにもなっていない。でも、なんていうのかな……
竹里　うむ、いわれてみればたしかに詩情《うたごころ》はある……

大川立砂が源七を伴って上手から登場。

立砂　やっぱり竹里さんでしたか。（源七に）どうです、わしの勘が当ったでしょう。
竹里　これは旦那様、お元気そうでなによりでございます。真っ直ぐお見世へとんで行き御挨拶やらお礼やら申しあげようと思っておったのですが、つい弥太郎と昔ばなしが長くなりまして……。お出かけでございますか。
立砂　こちら立花屋の源七さんというお人だが、行徳《ぎょうとく》からの乗合船で乗り合せた俳諧師が自分と同じに水天宮で下船し、自分の後をぶらぶら歩いて来るようでしたよ、とおっしゃった。それを聞いて、あ、竹里さんだなとピンときました。それならこれから途中で迎えうって、どっと市川真間《まま》まで繰り出そうではないか、ということに決まってこうやってとびだして来たところです。竹里さん、二六庵にお入りになることに決まってほんとうによかったですな。

竹里　へへへ、弥太郎同様、この竹里にも大きな運が向いてきたようです。

　弥太郎、「二六庵」と聞いて、はっとなり、限をぴかりと光らせる。

立砂　(源七に)ごぞんじでしょうが、葛飾蕉門一派には、其日庵、今日庵、二六庵の、三つの庵があります。其日庵は葛飾派の総師が継ぎ、あとの二つの庵は客分の大物が入ることに決まっている。で二六庵は現在、竹阿という俳諧師が継いでいるのですが、このお人、上方《かみがた》へ行ったきり戻ってこない。

竹里　上方に大勢、お弟子がおいでなんですよ。それにもうお年《とし》で、道中が難儀だとおっしゃってここ数年、二六庵は空っぽのままで。

立砂　それでこれ幸いと乞食が住み家にする、盗っ人が潜り込む、性悪《しょうわる》の御家人衆が賭場に使う。もう放っちゃおけない。で、このたび葛飾蕉門一派では、この竹里さんを二六庵の留守番役に決めた。つまり次の二六庵を継ぐのはこの竹里さんということになったのです。

源七　そうでございましたか。それはそれは……

弥太郎は、よほど衝撃を受けたとみえ、よろけて桶につかまる。その弥太郎を、およねが凝《じっ》と見ている。

竹里　なあに（ト指で輪をこしらえて）これがものをいいました。それだけのことでございますよ。其日庵溝口素丸様に呼び出されて、「十両あれば恰好の住居《すまい》を周旋してやろう。その住居というのが、例の二六庵なんだがね」なんて謎をかけられました。五両を素丸様、残りの五両は葛飾蕉門の長老連で分けるらしゅうございますね。そこで、立砂の旦那様に書状を差し上げましたところ、さっそく「よろこんで御用立てしましょう」というありがたいお返事をいただきまして……

竹里、突然土下座して、額を地面にこすりつける。

竹里　この御恩は終生……

立砂　お立ちなさい、竹里さん。未来の二六庵がみっともありませんよ。（懐中から紫の袱紗の包を出し、竹里の手に握らせて）十五両包んでおきました。五両はあなたがお使いなさい。

竹里　ありがとうございます。

立砂　さ、お祝いです。市川真間で景気よく騒ぎましょう。ともに素丸門下の兄弟弟子、その兄弟弟子のなかで二六庵の後つぎが出るとは、こんなめでたいことはない。弥太郎や、おまえも連れて行きたいが、それでは店が空になる。留守をたのみましたぞ。

弥太郎　はい。（竹里に駆け寄って）よかった、竹里さん。おめでとう……。しかし、ひどいな、この弥太郎に黙っているとは……

竹里　いや、まだ単なる留守番に過ぎないのだ。だから……

弥太郎　竹阿先生は老人だし、間もなくお亡くなりになる。そうなると竹里さんが二六庵だ。よかった、ほんとうによかった。

竹里　おまえがこれほどよろこんでくれるとは思わなかったぜ。むしろ……

弥太郎　むしろ？

竹里　憎まれ、うらまれるかと思っていた。おまえだって葛飾蕉門のひとりなのだし、力量《ちから》はおれとそうはちがわないし……
弥太郎　ばかいっちゃいけない、竹里さん。弥太郎は所帯を持とうとしているところなんですよ。大川の暖簾をわけてもらおうとしている。そのおれがどうして……。よかった！
竹里　ありがとう。

竹里、大川立砂と源七の後を追って下手へ入りながら、

竹里　また今夜ゆっくり話そうな。
弥太郎　よかったねっ、二六庵。
竹里　ありがとうよ。
弥太郎　（以下、大声で）うまくやったねっ、兄弟子。おたがい苦労した甲斐があったよ、ねっ。
竹里　（遠くから、声のみ）ありがとう。
弥太郎　ほんとうに……腹が立つ。

竹里　（かすかに）ありがとう。
弥太郎　この弥太郎の方が、今じゃ力量《ちから》が上なんだぞ。
竹里　ありがとう。
弥太郎　勉強もしてるんだぞ。
竹里　ありがとう。
弥太郎　こんな馬鹿なことってあるもんか。
竹里　ありがとう。
弥太郎　口惜しくって気が狂いそうだぞ。
竹里　（もう殆ど聞きとれない）ありがとう。
弥太郎　畜生……

弥太郎、がっくりと膝を折って坐り込み、肩先をぶるぶる震わせ、声もなく泣く。
およねが近づき、やさしい、しかし緊張した言い方で、

およね　抱いてください。
弥太郎　（つい大声で）こんな真ッ昼間からいけないんだぞ……。あのう、桶の中で、

ですか。窮屈な体位をとると後屈になるっていいますよ。

およね　今夜、こっそり忍んで行きます。

弥太郎　秋の祝言まできれいなからだでいた方がいいんじゃないかな。立砂の旦那に、おじさんに知れたら二人ともここを追い出されてしまうよ。

およね　（きっぱりと）弥太郎さんがどこかへ行ってしまいそうな気がするの。だから、いっそからだで……

弥太郎　からだで重しをかける気か。すると当然……。女上位だな。

この場に登場しなかった男たちが出て「あれこれとあつめて春は朧なり」を歌いながら、場面を転換させる。

四　あれこれと集めて春は朧なり

梅見月、花見月、春を待つ、
春とまる、春かえる、春名残り、
あれこれとあつめて春は朧なり

朧夜の、朧月、朧影、
朧闇、おぼろおぼろの胸のうち
あれこれとあつめて春は朧なり

大川油屋の見世の二階、弥太郎の六畳間。弥太郎が昼間の『最上川の歌仙』を筆写している。
源七がべろんべろんになって入ってくる。

弥太郎　（筆写をつづけながら）およねさんかい。

源七　帰りの舟のなかでやった酒が、すっかり効いてしまいました。
弥太郎　（上手を指して）あんたの部屋は隣りだよ。
源七　あ、そうか。いけねえ、こりゃずいぶん酔っちゃった。外はいい朧月夜ですよ。
〽菜の花畑に入り日薄れ……

ト四つん這いで出て行く。弥太郎は机に向き直って、

弥太郎　なにをいってやがる。発句にも何もなってやしないだろ、それじゃア。おまけに変哲《へんてこ》な節なぞ付けて。発句にするとすれば、菜畑や花に分け入る夕日哉……

べろんべろんの竹里が転がり込んでくる。

弥太郎　およねさんだね。ずいぶん色気のない忍び込みをするんだねえ。（ト這って近づき）初めて抱かれるって勇気のいることなんだろうな、それでエィと勢いをつけ、ドドーンと……。なんだ、竹里さんじゃないか。（下手を指して）隣りだよ、竹里さんの寝間は。

竹里　（廻らぬ舌で）ここでいい……

弥太郎　こっちはよくないんだよ。およねさんがここにお泊りになるというから、こっちは夕方から大童で片付けたんだ。畳には糠《こぬか》を撒いて艶出し布巾でコキコキと音のするまで磨き立てて……

竹里　たのむ、静かに寝かせてくれよ。

ト下手の壁に積んであった布団に手をのばし一枚引き寄せ、頭からかぶってしまう。

弥太郎　困るよ。出ていってくれよ。たのむよ。拙《まず》いんだよ。出てけよ。

およね　そんな冷たいことといってはいや。

およねがすっと入ってくる。弥太郎仰天して、そのへんを這いまわる。

弥太郎　あのう、今日は暦を見たら友引だし、どうせなら大安の日の方が……

およね　（凜乎たる声で）弥太郎さん。見て。

はらりと着物を肩から滑らせて落す。一糸もまとわぬ、美しい、白い裸身。事情によっては三、四糸まとっていてもよい。

およね　全部、弥太郎さんにあげる。

弥太郎、慌てて着物を拾い上げ、およねに着せかけながら、

弥太郎　壁に耳あり、障子……布団に目ありの世の中だよ。無料《ただ》で見られちゃもったいない。

およね　ひと思いに、して。初めてで間がもてないの。

およねは弥太郎にかじりつく。弥太郎は受けとめかねて腰くだけ、結局、二人は畳の上に横たわる形となる。この際、上手側に横になるのが弥太郎であること。上手に弥太郎、中央におよね、下手に布団をかぶった竹里、こう並ばぬと劇が先へ進まぬからである。

およね　見てないで、はずかしいから。おねがい、なにかして。
弥太郎　そ、それじゃァまずこんなことを（トおよねの胸にほんのちょっと触る）……
およね　（ビクンとなって）こわい（ト両手でしっかりと目を塞ぐ。このとき、竹里が寝返りをうちデレンと前方へ手をのばす。竹里のその手は偶然およねの胸の上に置かれる）これでいいんだわ、もう安心していいんだわ。（以下、熱に浮かされたように喋り立てる）ここ三年ぐらい、毎年、春になると、きまって弥太郎さんの様子がおかしくなった（弥太郎は竹里の介入に腹を立て、およね越しに竹里を向うへ押す。竹里はかえってますますはげしくおよねにしがみつく）……、あっ、ああ……、腰が据らなくなるというのかしら、弥太郎さんたらなにを話しかけても上の空、ぼんやりと江戸の空を眺めている。（弥太郎はおよねの胸の上の、竹里の手の甲を思いきりつねる。竹里は無意識のうちに弥太郎の手を払いのけ、またボテンとおよねの胸の上に落す）やさしくして、弥太郎さん。わたしをこわさないで。……思い余って立砂おじさんに相談したの。「おじさん、わたし、弥太郎さんのこと好きになってしまいました。弥太郎さんも好きだよっていってくれました。でも、春になってから、あの人の様子が変なんです。どうしたんでしょうか」……（弥太郎は下手へ回って、竹里を引っ剝がそうとする。竹里の身体が揺れ、したがっておよねも揺れる）

そっと、そっとやって。おじさんの答はこうだったわ。弥太郎は俳諧師で身を立てたいのだろうよ。俳諧でおまんまを喰おうという俳諧師のことを業俳といい、わしのように他に生業《なりわい》を立てながらそれこそ命がけの趣味として俳諧を究めようとするものを遊俳というが、弥太郎はその業俳になりたいと思っているのではないかね。というのは……（万策つきた弥太郎は、竹里をポカリとやる。反射的に竹里が起き上りポカリと弥太郎を殴り返し、パタンとおよねに背を向けて寐る。このとき竹里の懐中から例の紫の袱紗包が転げ落ちる）離れちゃいや。（弥太郎、殴られたところを撫でながらうろたえる）抱いて、弥太郎さん。（弥太郎、思いついて竹里の向きを変えさせて、およねと向い合わせる。およねの胸に自然に抱きつく竹里）……そうされると、とっても気持が落ちつくわ。立砂おじさんの話のつづきだけれど、業俳たちは春になると、お金を稼ぐために、地方の俳諧好きの旦那がたのところへ出かけて行くんだって。（弥太郎は袱紗包を竹里の懐中へ押し込もうとしてハッとなる）春から夏、夏から秋と業俳たちは諸国の旦那方と俳諧をやって修業しながら草鞋銭や心付を貯め、冬になる前に江戸へ引き揚げ、江戸で冬ごもりするんだって。そうなの、弥太郎さん？（ト目を塞いでいた両手をとる。弥太郎、さっと竹里の顔の上に自分の顔をのせる）

弥太郎　う、うん。たいていの業俳はそんな暮しをしているようだね。蛙だな、つまり。冬、江戸で冬眠して、春になると冬眠から目ざめて稼ぎに出かけて行く。
およね　わたしのこと、きれいだと思う？
弥太郎　そりゃもう別嬪さんだよ。およねさんのような娘を女房にして、命がけの趣味として俳諧を究める。それも悪くはないな、えー、ただ……あ、およねさん、目を塞いでいた方が、おれとしてはやりやすいな。おれも慣れていないんだ、こういうことは……
およね　（再び両手で目を塞ぎ）嘘。ちゃんと知ってます。（弥太郎、そっと離れる）立砂おじさんが笑いながらいってたもの。（竹里がおよねから身体を離して上手へ寝返りをうつ）だめ。（弥太郎は竹里を静かに引っくり返し、竹里の手を持つ。そして、人形遣いがやるように、竹里の手をおよねのからだのここかしこに這わせる）おじさんは、弥太郎はとてもしつっこいからおよねは仕合せだよ、って。（弥太郎は竹里の片方の足を持ちあげ、およねの腰に引っかける）……ああ、あの、弥太郎さんはよくおじさんと市川の真間へ行くでしょう。（弥太郎は机のそばに行き、机上の書物や硯や筆を風呂敷に包みはじめる）そうして真間のお女郎さんと遊ぶでしょう。（ふとみると、竹里は休んでいる。眠っているのだからこれは当然だが）そのとき、弥太郎さんは（弥太郎、飛んでいって竹里の尻を軽く蹴る。仕掛人形《からくり》のように、そして無意識に竹里はおよねを愛撫する）……一晩中、そんなことをやって相方のお女郎さんを寐かさないんだってね。（竹里の動き、また止まる。弥太郎、飛んで行って竹里の尻を蹴る。竹里、動く）おじさんはそんなことまで教えてくれたわ。お女郎さん相手にしつっこくするのは御法度だが、それがおよね相手なら家庭円満、夫婦和合まちがいなし、きっとうまく行くよ、そういっておじさんはよろこんでくださった……（トおよねは涙声になり）弥太郎さん、つまりこれは連句なのね。

いつの間にか、およねは目塞ぎの両手を外し、廊下へ這い出ようとしている弥太郎を見ていた。弥太郎は愕然。竹里はむにゃむにゃ。

およね　弥太郎さんが前句《まえく》、それへわたしが付句《つけく》としてつく。すると家庭円満、夫婦和合。悠々として俳諧に遊ぶ主人、甲斐々々しく見世と所帯を切り回す女房、子どもの笑い声、そんななごやかな情景がうかびあがる。でも、わたしが今度は前句になって、そのわたしにこの竹里さんが付句でつくと、情景はがらりと変って地獄ね。弥太郎さんは業俳、竹里さんも業俳、そしてこのおよねは……。弥太郎さん、これは連句なんですね。

弥太郎　竹里の先をこしてこのおれが溝口素丸先生の其日庵へ駆け込むつもりだ。およねさん、信じてくれ、竹里よりおれの方がずっと力が上なんだから。去年の秋、立砂の旦那と素丸先生のところへ挨拶に上ったとき、素丸先生じきじきのお名指しで、おれは連句の会席の執筆役《しゅひつやく》をつとめることになった。これはね、字の上手な、そして連句の式目《きまり》にもよく通じた、若い俳諧師にしか回ってこないという大事な役目なんだ。その一座がたのしくなごやかに歌仙を巻くことができるかどうか、それは宗匠と亭主とこの執筆役次第。……おれは立派にやりとげたよ。素丸先生はおしまいの、揚句《あげく》をよむようにといってくださった。歌仙の巻きおさめを新参者のおれにやらせてくださる、これはたいへんな御褒美さ。そういうわけでおよねさん、いま二六庵に潜り込むことができれば業俳としての前途は明るい。そして死物狂いで修業すればおれ、芭蕉翁、とは行かなくても大島蓼太か蕪村、とまでも行かなくても、とにかくなにものかにはきっとなれる。……でも、いつから気がついてた？

およね　（泣きじゃくりながら）竹里さんの顔の上に弥太郎さんの顔が乗ってたとき。

弥太郎　やっぱりなあ。

およね　いつからわたしを引き止め役に使ってやろうと思いついたの？

弥太郎　業俳たちの冬ごもりのはなしを、およねさんがしていたとき。この竹里が（ト思い切り蹴っとばし）酔っぱらって部屋をまちがえたのがいけないんだ。

およね　それならまだ救われるけれど……

竹里　（目を擦りながら上半身を起し）どうして静かに眠らせてくれないんだよ。

弥太郎はおよねを拝んで廊下へ出る。

竹里　ずーっといやな夢ばかり見ていたが、やっ、およねさん。

およね　れ、れ、連句をしましょう。わたしが前句です。ど、どういう付句をつけてくださいますか。

竹里　どうもこうも、こう付けるしかねえでしょうが。

竹里はおよねを押し倒す。弥太郎が気にして覗く。そしてやはり飛び込んで竹里をおよねから引き離そうとするのへ、

およね　は、はやく行って。

竹里　なんのなんの、ゆっくりのたっぷりのでまいりましょうや。

弥太郎、しばらく見ているが、やがて拳で涙を拭いながら出て行く。暗くなる。

五　さらば笠

薄い半紙本を数十冊と江戸大絵図を一枚携えた旅籠「菊屋」の番頭藤六が、十五、六歳の少年の姿で、上手袖の光の輪の中にいる。

藤六　貸本屋の源七さんの後をひきつぎまして、旅籠「菊屋」の番頭の、この藤六が一茶の思い出を申しあげます。それにしても一茶というやつ、許しがたい男ですなあ。深く言い交したおぼこ娘の純情は踏みつけにする。俳諧の手ほどきをほどこしてくれた先輩、馬橋の油屋に奉公口の口ききをしてくれた恩人、そして友人でもある竹里は出し抜く。油屋の主人大川立砂の信頼は裏切る。出世のためならどんな汚いことでもしようという蛆虫です。可哀想に、例のおよねという娘は、あくる日の朝、江戸川へ身を投げたとか。（思い入れあって）とりわけ注目したいのは、一茶が竹里の十五両を盗《と》って逃げたという事実。他人の金に手をつけることの癖、まだ治っちゃいないのではないでしょうか。
さてその後の一茶でありますが、……あたしゃ何も知りやしない。ただ、五十嵐の旦那から台詞の抜書を渡されておりまして、ここではコレコレのことを喋るようにと言いつかっていまして（懐中を探る）……五十嵐の旦那は八丁堀の同心にしとくのは惜しいね。やはり市村座へ戻ったほうが（抜書を出して読む）……一茶は二十五歳で江戸上野根岸の二六庵へ留守番に入り、二六庵竹阿の直弟子を自称した。三年後、一茶二十八歳の三月、二六庵竹阿が大坂で客死した。歿年七十一。竹阿は十五年間大坂にあって浪花俳諧の再興に尽した大俳諧師である。あくる年、一茶は十五年ぶりに故郷の奥信濃柏原村へ帰った。

門《かど》の木も先《まづ》つゝがなし夕涼《ゆふすずみ》

そのときに得た発句がこれ。そのまたあくる年、すなわち一茶三十歳の三月、江戸を発《た》ち東海道をのぼる。そして三十六歳の寛政十の午《うま》歳まで足かけ七年、京大坂、大和河内、四国九州などの各地を俳諧行脚。辛いことや苦しいことがないではなかったが、ほとんどの土地で一茶は暖かく迎えられた。「二六庵竹阿の江戸での愛弟子」というふれこみがきいたのである。以上。（抜書をしまって絵図をひろげて）あれはあたしが、この自身番のすぐ近くの元旅籠町の宿屋「菊屋」へ奉公にあがった年のことですから、寛政十の午歳……

明るくなる。宿屋「菊屋」の裏庭。正面に湯殿の窓。客席に向けて焚口。遠くで雷鳴。

藤六　涼しさや雷遠き夕間暮……、夏の、ある夕方のことでした。（絵図を指で辿りながら）まず井筒屋の夏目成美さんの所へ届けて、角田川の土手沿いに上《のぼ》って関屋の里の建部巣兆さんとこへ行って、そこから谷中へ出て……

湯殿の中から女の声。「ちょいと、ぬるいよ。いくら夏だからってこんなにぬるいのに入ってちゃ風邪を引いちまう」

藤六　へーイ。すみませーん。

藤六、半紙本と絵図を抱えて焚口へ走り、薪をくべる。下手から竹里が出る。例の十徳姿。旅ごしらえ。

竹里　旅籠だな、ここは。

藤六　へーイ。元旅籠町の菊屋でございます。……でも、裏口ですよ。
竹里　表へつながっているんだろう。
藤六　そりゃつながっています。表と裏がつながっていなきゃ大変だ。別の家になっちまう。
竹里　部屋はあるかい。
藤六　お金《あし》はありますか。

竹里は胸許をひろげてみせる。一文銭や四文銭を通した紐を首からさげている。

竹里　下総から上総《かずさ》と二個月《ふたつき》まわって二貫文。情けのねえ話よ。寛政の御改革このかた、とんといけねえ。旦那がたの出しっぷりがぐっと渋くなった。
藤六　おじさんは医者かい。
竹里　俳諧師よ。
藤六　それで下総上総と徘徊しているのか。
竹里　くだらねえ地口だ。（急に改まって）藤六さん、あたしゃ俳諧についてはまったくうといんでございますが……

藤六　でも俳諧師でしょ？

竹里　いや、めし泥棒として口をきいているんでございますよ。藤六さんはさきほど、その一茶とかいう俳諧師が上方《かみがた》や四国九州など行く先々で暖かく迎えられたのは「二六庵竹阿の江戸での愛弟子というふれこみがきいたのである」とおっしゃっておいででしたが、素人考えながらそれはちょっとちがうんじゃないかと……

藤六　（手にしていた江戸絵図をまるめてパチンと竹里＝めし泥を張りとばす）ばか、芝居をこわすんじゃないよ。

竹里　（かえってニコニコしながら）俳諧師、とくに一茶のような業俳は、先々の旦那方、つまり遊俳の方々とその歌仙とやらを巻くわけでございましょう。旦那方の連句の会席につらなるんでございましょう？

藤六　決まってるだろ。その見返りに食と住の面倒をみてもらい、帰り際に草鞋銭をいただくんじゃないか。

竹里　だとすると師匠の七光りだけでは保《も》たないんじゃないんですか。一茶にはやはり俳諧師としての一応の実力があったのではないでしょうかね。そうでなきゃ各地の連句の会席で次々にボロを出し、多分半年もたたぬうちに江戸へ舞い戻らざるを得なくなっていただろうと思うんですよ。それが足かけ七年ですか、そんなにも長い間、上方に居られたというのはやはり一茶自身の力のせいであると、愚考いたすんでございますが……

藤六　そ、それはだね、そのう……

竹里　また実力があったからこそ二六庵へも留守番に入れたんだと思うんです。一茶にそれだけの才能がなければ葛飾蕉門一派の溝口素丸先生も、竹里を出し抜いて飛び込んできた一茶を受け入れはしなかったはずです。

およね役の水茶屋の女お園を除く全員が、がやがやと集まってくる。めし泥が芝居をこわしていることに腹を立てている者もあり、めし泥の意見に感心している者もいる。

竹里　一茶は才能があったからこそ主人や友人を裏切ったんじゃないんでしょうかねえ。およねという娘も一茶の才能をうすうす感じていて、だからこそ自分のからだでわたしを、つまり竹里を引きとめた……（突然、役柄に戻って）宿屋の洗いたての浴衣を着て、うまいものを喰い、のんびり身体と心を休ませて、それから甲府の方にでも行ってみるつもりだ。

全員、あわてて引っ込む。

竹里　二貫文あれば十日は泊れるはずだが、どうだね。

藤六　やりにくい野郎、……いや、おじさんだな。（ト地面においてあった半紙本を蹴っ飛ばす）もうほんとにいらいらしてしまうよ。仕事は山ほどあるし、妙なおじさんはやってくるし……

竹里　（半紙本を拾ってやるが、ふと表紙に目が行く）……『さらば笠』？

藤六　勝田吉兵衛という京都の本屋さんから今朝、ここ菊屋へ届いたんだ。それもどかっと六十冊も、だよ。

竹里　京麩屋町三条上ルの書林勝田吉兵衛といえば、一流の俳諧書しか出さないことで有名な本屋だぜ。

藤六　なんだか知らないけど、その六十冊、全部、この藤六が配って歩かなければならないんだよ。このくそ暑いのにさ。

竹里　（表紙をめくってアッとなる）東武二六庵一茶……

藤六　その一茶だよ。六十冊も送りつけてきたというべらぼうは。

竹里　（なおも読む）二六庵一茶送別俳諧集。

藤六　一茶の江戸連絡所がこの菊屋なんだってさ。選《よ》りに選《よ》っていやな宿屋へ奉公にあがっちゃった。明日から蔵前の夏目成美、関屋の建部巣兆、芝の鈴木道彦と、おれ、江戸中を足を棒にして歩かなくちゃ。三日はたっぷりかかるな。この人たち何者なの？　やっぱり俳諧師かい？

竹里　超一流のな。江戸俳壇の三羽烏だ。

藤六　おじさんと同じでみんなあまりお金は持っていないんだ。

竹里　全員、遊俳だ。夏目成美、じつは札差「井筒屋」の主人。建部巣兆、じつは一枚書《しょ》をかけば何両という書道家。そして鈴木道彦、じつは仙台は伊達の御殿様の御脈を診《み》るお医者。金持だぜ、みんな。

藤六　駄賃もらえるかな。

竹里　多分な。

藤六　すこしやる気が出てきたな。（ト立ち去りかけて）あ、おじさんは、じつは何なの。

竹里　竹里、じつは竹里さ。裏も表も俳諧師だ。

藤六　じゃァすりへった便所下駄だね。すりへって、歯がなくて、どっちが表か裏か

わからない。（ト嘲すようにいい立てながら上手へ引っ込む）

竹里は苦笑して見送る。が、すぐに視線を半紙本の上に戻し、ゆっくり頁をめくりながら、

竹里　二条家から俳諧師最高の号、「花の本宗匠」を許された京の高桑闌更《らんこう》、同じく「花の本宗匠」の尾張名古屋の加藤暁台《ぎょうたい》、伊予松山の町方大年寄で四国俳諧の元締栗田樗堂《ちょどう》、大坂随一の飛脚問屋の主人で浪花俳諧の重鎮安井大江丸……。名前を見るだけでも目が眩むような大物たちが一茶に餞別の句をささげている。や、江戸から夏目成美や鈴木道彦までが……、くそ。

思わず半紙本をぴっと引き裂く。稲光り。

竹里　大物の名前をずらずらっと並べた送別俳諧集を、まず江戸の大家たちへ送りつけておき、本人はあとからゆっくり、そして堂々と江戸入りか。趣向だね、考えやがったよ。江戸に入れば前宣伝がきいているから一躍、大型新人、新進気鋭の

俳諧師として遇されるだろう。そういう胸算用だな、一茶。（ト半紙本を拾い上げて）梅の月階子《はしご》を下《お》りて見たりけり、一茶。上手《うめえ》い、上手《うめーや》だ、ぐっと腕をあげやがった。畜生。

竹里、半紙本を風呂の焚口へ押し込む。稲光り。そこへ藤六が戻ってくる。

藤六　おじさん、行燈部屋でよければお泊りくださいましだってさ。一泊二食つきで百二十文。

竹里　（頷く）

藤六　でも行燈部屋で一泊百二十文だなんて足許みられているよ。一泊百文に値切ってきてやろうか。そのかわり一泊につき五文ずつおいらにこっそり寄越すんだよ。おじさんは十五文安い百五文で泊まれるってわけ。

竹里　よし、とりあえずおまえに十日分の五十文（ト銭を与え、さらに銭を加えて）さらに五十文……。この『さらば笠』を、おじさんに配らせて貰えないかね。というのは……

藤六　わかってる、わかってる。配るついでに大物俳諧師と縁故をつけたいんでしょう。

竹里　利潑な子だ。

藤六　その上、ちょいとばかりしたたかなの。その本を配ってもよいという資格を百文で譲るよ。

竹里　いまに金をのこすよ、おまえは。

藤六　（銭を勘定しながら）それじゃァ掛け合ってくるからね。任しといて。

藤六、上手へ去る。稲光り二度三度。竹里は焚口の前にしゃがみ、半紙本を次々にくべる。

竹里　江戸の大家連中に送別俳諧集が配ってあると信じ切って貴様は意気揚々と江戸へ引き揚げてくる。ところが大家連中は『さらば笠』の〝さ〟の字も知らねえのさ。そこで貴様の江戸俳壇への御目見得は二、三年おくれる。一茶、いやさ、弥太郎、悪く思うなよ。これはいつかの……

そのとき、湯殿の、板張りの引き違い窓がゴトゴトと開《あ》いて、女の顔。熟れ切った水蜜桃のような年増。肩口あたりを刃物で切ると、濃い糖液が吹き出してきそうな感じ。およねである。

およね　仕返しかい。

稲光りのフラッシュ。

竹里　お、およねさん。……い、いや、そんなはずはねえ。およねさんはあの朝、江戸川へド、ドド、ドボドボ、ドボーン……

およね　捨てるカミあれば助かるかもじ売り。すぐ下流《しも》で、市川鴻ノ台のかもじ屋さんが朝釣りの真ッ最中。幸か不幸か、そのかもじ屋さんの釣り舟に釣り上げられたのさ。

竹里　こっちは三日三晩、江戸川の上流《かみ》と下流《しも》を探し回り……、諦めた。以来十二年、夜、見る夢ときたら身の毛もよだつようなおそろしいものばかり。柳の土手を歩いて行く。と不意に柳の枝がどす黒く変っておれの首に巻きつく。見るとそいつはおよねさんの髪の毛だ、柳の枝の隙間からおよねさんがにたにたしながらこっちを覗いている。別の夢は……

およね　相変らず地方回りの乞食俳諧師なんだね。

竹里　およねさんのことがしょっちゅう気になってうまく頭が働かねえのさ。とりわけ連句の会席で、それがひどい。でもさ、およねさんがおれがあんなことをしたせいで死んだんじゃねえとわかれば、もう話はべつだ。一茶になんぞおくれをとってたまるかい。（残りの半紙本を焚口にぎゅうぎゅう詰め込み）かもじ屋に釣り上げられて、それからどうした？

およね　その次は深川へ飛び込んだ。身を憂き川の深川芸者になったのさ。

竹里　さぞや売れっ妓《こ》だったろう。

およね　暇を盗んで俳諧師のところへ通った。

竹里　ほう、それはまたどういう……

およねは湯殿の中から竹里めがけて、発止と糠袋を投げつける。

およね　俳諧が憎かったからじゃないか。弥太郎って男はあたしを捨てて俳諧を選んだ。酒くさい息をしながら、あたしにまたがって三回も四回も突きまくった男も俳諧師だった。いったい俳諧のどこに、男たちを血迷わせる力があるのか。あたしはそれを突きとめたかった。ところがそのうちに「あの芸者、俳諧をやるらしい」という評判が立って、遊俳の旦那方から引っぱり凧。皮肉なものさ。いまはある遊俳の旦那に落籍《ひか》されて、角田川の岸で寮住い。寮を改築しているのでこうやって宿屋住いをしているんだよ。

竹里　囲われ者か。

およね　はやく言《い》やあそうさ。

竹里　江戸川、深川、角田川か。ばかに川に縁の深い人だな。それでその果報な旦那というのは？

およね　夏目成美。

竹里　成美？　そいつはいいや。およねさん、この竹里を成美に引き合せてくれないか。一度でいい、成美先生と歌仙を巻きたいんだ。およねさんの顔を潰すようなことはしない。成美先生と互角に付合をしてみせる。およねさん、拝むよ。

およね　（恨みをこめて）このあたしによくものが頼めたものだねえ。あたしがこの世で一番嫌いなもの、それは五七五のたった十七のことばと女とを秤にかける業俳とかいう汚らしい生物《いきもの》さ。

バタンと湯殿の板窓を閉める。稲光り。竹里は板窓をドンドンと叩きながら、

竹里　成美先生と一度でも歌仙を巻き、付合をしたということになれば、それだけで箔がつき、田舎へ出ても先々での受けがちがってくる。待遇がぐんとよくなる。三百文の草鞋銭が五百文になり、一汁一菜が一汁二菜になるんだよ。草鞋銭がふえれば、それだけ田舎に出ないですむ。江戸で俳諧修業に精を出すことができる。つまり力がつく。およねさん、たのむ。およねさん……

竹里、諦めて板窓から離れるが、そのとき、湯上りの浴衣姿のおよねが湯殿の板戸を開《あ》けて裏庭へ出てくる。

およね　あんたなんか大きらい。声を聞くだけで鳥肌が立つ。あたしの心はそういっている。ただ、からだはウンと頷いているんだよねえ。

竹里　恩に着るよ、およねさん。

およね　最初に自分をこじあけた男がだれなのか、からだはそれを憶えているみたい

だよ。

じっと互いの眼を覗き合うおよねと竹里。いくつもの稲光り。次第に弱まって行き、しまいにすべてが暗くなる。

六　芸の生《な》る木の植えどころ

下手にひとかたまりの江戸市民が腰をおろし、うたっている。

花のお江戸の八百八町
昔にかわる武蔵野の
原にはつきぬ黄金草《こがねぐさ》
土一升に金一升
金の生《な》る木の植えどころ
江戸《えど》　江戸《えど》　江戸《えーど》
江戸は良いぞ《えーど》

花のお江戸の八百八町
住まう人数《ひとかず》百万余
物好きつきぬ芸の市《まち》

金一升に芸一升
芸の生《な》る木の植えどころ
江戸《えど》　江戸《えど》　江戸《えーど》
江戸は良《えーど》いぞ

明るくなると、江戸市民たちが渡し船に乗っていたことがわかる。なかに笠を目深かにかぶった男がひとり。男はぱりっとした十徳姿。

上手に一段高く岸がある。「竹町之渡《たけまち》」の立札。岸と渡し船との間に舫い綱。なお、渡し船は舷側のみのチャチなもの。

岸に船頭吾助が悠然と腰をおろし、布切れで棹を磨いている。

吾助　十二年前の秋のあの朝のことを、いまでもはっきり憶えているのは、この吾助が竹町之渡の渡し船の船頭になってはじめての朝だったからで……。それまでは葛飾の肥船《おわい》の船頭をしていたんですが、あるとき町年寄のおひとりがこの吾助の棹さばきをごらんになり一目で惚れて、引き抜きの手をおのばしになった、とまあそういうわけ。

藤六少年がやってきて、石を拾って投げる。水切り。藤六は左手を布で吊っている。

吾助 乗合衆にでも当ててみろ、この角田川の水をいやというほど飲ませてやるぞ。乗るんならさっさと乗れ。

藤六 おいらにそんな口をきくもんじゃないよ。おいらね、お小遣いをあげようともってきたんだぜ。

吾助 おめえがおれに小遣いだって?

藤六 おいらすぐそこの宿屋「菊屋」の番頭……

吾助 その年齢《とし》でかね。

藤六 下に見習心得とつくけど。

吾助 そんなら走り使いじゃねえか。

藤六 向岸からの戻り船で、乗合衆のなかに旅のお人がいたら「竹町之渡の近くに菊屋という素敵な旅籠がありますぜ。この木札をお持ちになれば、お銚子が一本、無料《ただ》でつきますよ」といってほしいんだ。

お守ぐらいの大きさの木札に紐をつけたのを二十枚ばかり、吾助に渡す。

藤六　おいらの名前は藤六。木札にも「藤六」って焼判が捺《お》してあるだろ。この木札を持った客が菊屋へ一人くると、おいら、番頭さんから十文貰うことに決めてきたんだ。その十文、山分けしようよ。

吾助　なにがお小遣いをあげようだ。おめえの客引きの片棒かつぐんじゃないか。

藤六　一声五文になるんだよ、いい帆待ち稼ぎだとおもうけどなあ。

吾助　うん、まあやってみるか。

竹里がやってきて、にやにやしながら藤六を見ていたが、

竹里　あいかわらず利潑だな。

藤六　あ、おじさん、あんたひどい人だよ。『さらば笠』を配ってあげよう、だなんて嘘ばかり。どこへも配ってなかったんじゃないか。おいら、それこそ半殺しの目にあっちゃった。みてよ、この左腕。ポッキンてすごい音をたてて折れたんだ。

竹里　下手人は番頭さんかい。
藤六　一茶ってやつだよ、やったのは。

船中の十徳姿の男、笠の前を持ちあげて岸を見る。一茶である。

藤六　一茶のやつ、一昨日《おととい》の夕方、菊屋へやってきて、番頭さんに挨拶するとすぐその足で蔵前の井筒屋へ出かけて行った。「夏目成美先生には『さらば笠』に送別句をいただいていながら、まだお目にもかかっていない。幸い、江戸へ帰る途中、柏原村に寄り、そば粉を五升貰ってきてある。うち一升を手土産にちょいと顔を出してまいります」なんて、足どりも軽々出かけて行ったんだ。
竹里　（笑って）間もなく頭から湯気を立てて戻ってきたろう。
藤六　笑いごとじゃないよ。まず番頭さんが「こら藤六、おまえ、たしかにお届けしてまいりました、といったはずではないか」と怒鳴ってゴーンと殴りつけてきた。「番頭さん、すみません。へんなおじさんがおいらに、代って届けてやる、といってくれましたので、その人に六十冊全部預けてしまったんです。あとは三日間、届けに出る振りをして、市村座で三津五郎の芝居を見物していました。えーと、そのおじさんというのは、ほら、十日間泊るといって前金まで払っておきながら、あくる日の朝、番頭さんが岡惚れしていたあの仇っぽいおばさんと一緒に出て行ってしまった竹里という俳諧師ですよ……」。そう弁解していたら、突然、一茶のやつ、おいらの左腕を摑んでぶんぶんぶん回したんだ。そのときポキンと気味の悪い音がして……

船頭吾助がポンと船へ乗る。船が揺れる。ということは乗合いの江戸市民がきちんと揃ってからだを揺らす。

竹里　折れたのか。

藤六　うん。凶暴なやつだよねえ。かーっとなったら何をしだすかわからない男だよ。

竹里　それでその一茶、それからどうした？

藤六　一生この菊屋に泊ってやらないぞ、と叫んで、障子を踏み倒したり、囲炉裏に鉄瓶を投げ込んだりして暴れた揚句、出て行ってしまったよ。

竹里　そいつは騒動だったたな。

竹里、船に乗り移る。船がまた揺れる。

藤六　おじさん、おいら一昨日《おとつい》、昨日《きのう》、今日と骨つぎにかかっているんだぜ。そのおいらに何の挨拶もないのかい。

竹里　わかってるよ。それ、南鐐二分銀だ。

竹里のほうり投げた南鐐二分銀、岸の藤六の左方へ。藤六、思わず左手で受けとめ、

藤六　あ。……エへへ、おいらの左腕の骨、ずいぶん早くくっついちゃったな。

竹里にお辞儀をする。

吾助　じゃあ、出しますぜ。

吾助、岸を棹で突いて船を出しながら……

吾助　（せいいっぱいの鯔背《いなせ》振りで）〽花のお江戸の八百八町、とくらァ。〽昔にかわる……

船、動く。ということはつまり、岸が藤六を乗せたまま後退、上手袖へ引っ込んで行く。とそのうち棹が吾助の手を離れ、岸に突き刺さったまま見えなくなる。

吾助　ありゃりゃ……

藤六　（声のみ）船頭さん、棹、とっといてやるよ。そのかわり五文はおくれよう。

乗合いたち、互いに不安そうに顔を見合わせる。その中で、

竹里　（一茶が隣にいるのに気付いて）おう、おめえ弥太郎じゃねえか……

一茶　（カーッと睨みつける）

吾助の方は乗合いを両手で制し、

吾助　お立ちになっちゃいけません。いえね、いまの棹ですが、ちらと先の割れているのが見えましたので、思い切って突き捨てにいたしました。エー、皆さんの足許にもう一本、棹が用意してあります。ご心配には及びませんよ。（トそろそろと棹を抜き出して）〽花のお江戸の……、八百八町……

船を操りはじめるが、なんとなく気勢が上らない。秋の長雨のあとでもあるのか、水勢が強いのである。以下この場の最後まで、船は大いに揺れる。

竹里　『さらば笠』六十冊、たしかにこの竹里が燃しちまった。だがな、これはいつかの仕返しだぜ。その仕返しもまだしたりねえぐらいだ。なにしろおれは弥太郎に二六庵を盗《と》られているんだからな。
一茶　（ちらと目を伏せる）……
竹里　ときに江戸でたったひとり最後《しまい》まで『さらば笠』に目を通した俳諧師がいるぜ。
一茶　（目をあげて竹里を見る）……
竹里　ほかでもねえ、このおれよ。正直にいって弥太郎、おまえ、ぐうんと技倆《うで》をあげたな。

一茶　弥太郎は昔のこと、現在《いま》は俳諧寺入道一茶です。
竹里　入道だって。
一茶　外見はとにかく、心は禅僧のつもりです。芭蕉翁も禅に深く傾倒なさっていた。それにならってこの一茶も……
竹里　下総馬橋の、大川立砂の旦那の御恩を忘れていないところだけは感心だ。立《りゅう》砂《さ》の音に似せて一茶《いっさ》とつけたんだな。
一茶　（冷笑）一碗の茶に立つ泡は消えやすいもの。己《おの》が一生を、一碗の茶に立つ泡になぞらえての俳号です。立砂とは何の関わりもない。
竹里　人非人め。
一茶　すると芭蕉翁も人非人だったのでしょうか。御存知かどうか、芭蕉翁は二十三歳の四月、主君の伊賀上野の藤堂良忠を失い、新しい御殿様に仕えなければならなくなりました。翁としては、自分の俳諧の師でもあった亡き良忠公の菩提をとむらうためにも、藤堂家をやめ、本腰を入れて俳諧に打ち込みたい。そこで度々、やめさせてくださいと願い出るが、すぐその場で却下。……翁はそこでどうなさったか。
竹里　無断で出奔。それぐらい知ってるよ。

一茶　だから、この一茶も立砂の許を無断で出奔したのです。
竹里　（呆れて）おいおい……
一茶　（恍惚として）この七年は、旅に住み、旅に終る、旅から旅の七年でした。これも翁のひそみにならったこと。ひとつところに長く住む、そのことによって心に垢がたまる。その愚を避けられた翁を手本に一茶も旅を旅してまいりました。
竹里　おれだって年がら年中、旅の空よ。
一茶　しかし、それはどういう旅でしたか。
竹里　なに。
一茶　一文でも余計に草鞋銭をくれそうな旦那衆を求めての、上方ことばでいえば、がめつい乞食旅。
竹里　悪いか。
一茶　下総あたりの田舎にひとりでもこれはと思う俳諧師がおりましたか。
竹里　たいていは、どうにもならない遊俳ばかりだが、しかし……
一茶　ほとんどが、「おらの家には江戸の俳諧師が逗留しとる。ということは、おらの家が村で指折りの旧家名家素封家であることの証《あか》しではあんまいか」という、ただそれだけの理由であなたがたを泊める虚栄の塊のような連中でしょう。連中は、箔をつけるために、江戸の俳諧師、業俳と歌仙を巻くにすぎません。（次第に激してくる）そういった連中と、たとえ千巻の歌仙を巻いたところで何の益もない。非凡の俳諧師と巻く一巻のほうがはるかに意義がある。程度の低い、田舎の馬鹿遊俳どもと連句の会席を持つぐらいなら、御法度の懸賞句会の方がずっとましだ。すくなくとも懸賞句会には、命がけの真剣な気分がみなぎっている。

竹里　懸賞句会か。懐しいなあ。

一茶　とにかく、この一茶の旅は、そういう銭欲しやの旅ではなかった。各地で、第一級の遊俳たちとなごやかな、しかし血みどろ汗みどろの俳諧師合戦をくりひろげる。そういう稔り豊かな俳諧旅でした。大坂の大江丸、京の闌更、松山の栗田樗堂……、ああ！

竹里　どうした、船に酔ったか。

事実、船の揺れはかなり激しくなっている。

一茶　あの松山城での観月会《つきみのかい》。御殿様主催の、その句会で一茶の発句が満座の喝采を得た。

船頭《せんどう》よ小便無用浪の月

この俳諧味がわかりますか。

竹里　水面に名月が映っている。だから船頭さん、小便なぞしてはいけません。せっかくの水面の月が歪んで消えてしまいます。……なるほど。かろやかなおかしみがあるな。

一茶　これぞ俳諧です。真の滑稽です。……自画自賛をしているわけではない。四国の芭蕉といわれる樗堂さんがそう評してくれたのです。(感きわまって立ち上り)船頭よ小便無用……

吾助　小便している暇なぞありますかってんだ。

ト懸命に棹で流れと闘いつつ、

吾助　そ、それから立たねえでやっておくんなさい。

一茶　つまりただ漫然と銭ほしやの旅をしていてもだめということです。旅の中味が大事なんだ。

竹里　その結構ずくめの旅をなぜ捨てた。なぜこの江戸へ舞い戻ってきたんだ?

一茶　芭蕉翁は二十九歳の春、日本橋本小田原町の杉山杉風《さんぷう》をたよって江戸へ出てこられた。それにならってこの一茶も……

竹里　今日は芭蕉の大安売だな。

一茶　杉風《さんぷう》はお上へ魚を納める公用御納屋《おなや》だった。一茶がこれから訪ねるのはお上の蔵米を扱う札差井筒屋八郎右衛門の寮。

竹里　するとおまえ、夏目成美の寮へ行くところなのか。

一茶　『さらば笠』を灰にされても、大坂の大江丸の紹介状がある。竹里さん、芭蕉翁には杉風《さんぷう》、この一茶には夏目成美、なんとなく平仄が合うとは思いませんか。

竹里　（水面に目を落してじっとなにか考え込む）

一茶　音曲でいえば一中節、豊後節、宮薗節、長唄、みんな生れは上方ですが、江戸へ下ってきて隆盛をみました。なぜでしょう。江戸にはそれを専らとする芸人をちゃんと養う力があるのですよ。上方にはそれがない。そう、江戸は芸の生る木《な》の植えどころなのです。

ここまでの揺れで乗合いの江戸市民、へろへろになっているが、それでも元気をふるいおこしてうたう。

江戸市民たち　江戸　江戸、江戸、江戸は良いど《えーど》……

一茶　洒落本、黄表紙、滑稽本、そして浮世絵。これまた事情は同し。そういったものに興味をもち、銭《ぜに》を投じようという物好きがこの江戸には多い。そう、江戸は芸の生《な》る木の植えどころなのです。（乗合いの衆に向い、指揮をとって）はい。

江戸市民たち　江戸　江戸　江戸、江戸は良いど《えーど》……

一茶　その江戸であるからこそ、すぐれた遊俳も多数《あまた》おります。それらすぐれた遊俳たちと連句の会席を持ち、俳諧の道を深め合おう。むろん、米代、味噌代、薪木《たきぎ》代は遊俳たちが出してくれるだろう。芭蕉翁は、そう考えて江戸へ下られたにちがいない。一茶もまた同じです。

船はますます揺れて、吾助も江戸市民も悪戦苦闘。江戸市民のなかには吐く者も出てきている。一茶と竹里も揺れながら、

一茶　暮し向きは成美にみてもらいながら、やがて江戸第一級の俳諧師となり、ちゃんとした庵を持つ。それが一茶の望みです。

竹里　この竹里とてもご同様。（トいわくありげに笑って）だがな、一茶、夏目成美は
　まやかしものだぜ、気をつけろよ。
一茶　口惜しまぎれに悪口をいってる。
竹里　口惜しくはねえさ。じつはおれも成美の寮へ招かれて行くところでね。
一茶　（衝撃をうけて）竹里さんが、ですか。
竹里　（頷いて）あのな、成美という大将は、とんだ盗作屋なんだ。
一茶　盗作？
竹里　他人《ひと》の発句を盗む癖があるのよ。
一茶　まさか！
竹里　こんなことで出鱈目がいえるか。おれに見当がついているだけでも三句ある。
　ちょいと耳を貸しな。
　　ト竹里は一茶の耳にひそひそやりはじめるが、このとき下手に「向岸」が出てどす
　　んと舳先に当る。吾助、棹にすがりついて、
吾助　へい、角田川の向岸、青物市場前で。

江戸市民、だれひとり立つ元気のある者もなく、

江戸市民たち　反吐《へど》　反吐《へど》　反吐《へーど》、江戸は反吐《へーど》……

ト吐き気に苦しんでいる。

竹里、一茶の耳になおもなにか熱心に吹き込むうちに、暗くなる。

七　一座

上手の袖近くで障子貼り職人、膠の三蔵が語りはじめる。

膠　船頭の吾助さんが、前夜の雨で水かさを増した角田川をどうやらこうやら乗り切ったちょうどその頃、あたしは夏目成美さんの寮で、障子の貼り替えをしておりました。正午《ひる》すぎに、離れで連句の会がはじまって、終ったのが貼り替えたばかりの白い障子に赤く夕陽のさす時分。（ト手桶に口をつけて水を含み、ぷーっと霧を吹く）歌仙一巻三十六句に一刻《いっとき》というのが普通ですから、倍近い手間暇をとったことになりますな。

明るくなると、正面に成美の随斎庵の離れ。上手と下手は庭。離れに成美（六十一歳）、一茶、そして竹里。一茶と竹里は前場からひきつづき前後左右にゆっくり揺れている。

膠　歌仙を巻くのに手間どったせいでしょう、成美の旦那はたいそう不機嫌な様子で……

再び水を含んで貼り替えた障子にぷーっと吹き、

膠　いまに雷が落ちるぞ。桑原桑原……

その障子を抱えて上手に引っ込む。

成美　いやな歌仙を巻いてしまった。

成美はあらぬ方角を向き、他人事のようにいう。以下、成美の動作、もの言い、すべて「間接的」である。

成美　いたずらに長々と句を按ずる男がいた。心の中でゆっくりと百八十から二百、数をかぞえる。その間に、前句をよく理解し、よく味わった上で次の句を考え、次の者に任す。そして静かな待ち心で次の句を待つ。これが作法です。ところがその男は一句按ずるのに他人《ひと》の三倍四倍も手間をかけた。いやな歌仙になったのは、主としてその男のせいだと思われる。

一茶　し、しかし、この一茶の付句がすべて絶妙の出来栄えだったことはお認めいただけるはずです。

成美　その男には、真剣で立ち合う武士もかなわぬ気迫が溢れていた。

一茶　光栄です。

成美　連句俳諧は剣術などの晴の勝負とはちがう、一座の愛に支えられた協力の文芸だということが、その男にはなぜわからぬのだろう。

竹里　(ここぞと) こいつは芭蕉まなびの芭蕉知らずなんです。芭蕉翁はおっしゃいました。「上手《じょうず》の一座は、のどかにはやく行く」と。このことばをわたし流にくだいていえば、連句俳諧の一座ではなによりも、笑って人生を眺めようという心構えが大切なのではないか。一座に加わった全員が、たがいに心を付合っても静かに笑って生きよう、これが翁の本願だったのではないか。その基本がこの男には欠けておりました。

成美　もうひとりの男は、もの静かに笑ってばかりいた。その男の付句は、いつもにここにこの太平楽、おだやかといえば他人《ひと》聞きはよいが、つまりはいい加減なあしらいばかりが目立つのだった。一座とはなんであったのだろうか。作りつつ味わい、味わいつつ作る。だれもが作者であり、だれもが鑑賞者である。一同がすべての力を出し合い、その間にかもし出される、予想もしなかった雰囲気をよろこびたのしむ。そして二度と再びめぐっては来ない〝現在《いま》〟という時を愛《め》で慈《いつく》しむ。これが一座ではないのだろうか。しかるにその男はいい加減なあしらいの付合《つけあい》ばかりして、結局、鑑賞者ではあったが、作者ではなかったのだった。そんなことでは歌仙にならぬのではないか。だいたい、その男たちは、絶えず上体をゆすり、一座の亭主役にいやな感じを与えていたのだった。こんな一座に、翁のいう「楽しく和やかな春の風」が吹くはずはなかった。

一茶　じつは二人とも渡し船で揺られすぎまして……

竹里　いまごろ効いてきました。どうも気分が……

成美　その男たちが成美のこの随斎庵に出入りするのはまだ時機尚早という気がしないでもないと言えぬこともなかろうと思わざるを得ないのは残念でないこともない……

竹里　（口をおさえて吐気をおさえていたが、やがてやっとの思いで）後架をお借りいたします。

竹里は立って庭へおり、上手に入る。

成美　その男が後架を出た足で帰ってしまってもだれも気にしないだろう。また同じようにもうひとりの男が帰ろうとして立ってもだれも引き止めやしないだろう。そして庵の主人は口直しにいささかの自棄酒《やけ》をたしなむことになるかもしれない。

一茶　この一茶には大坂の大江丸さんからの紹介状があったはずです。なにとぞ一茶だけはこの随斎庵への出入りをお許しくださいまし。成美先生とのはじめての付合《つけあい》で、すこし固くなってしまったのはたしかですが、次の歌仙からはかならず、和やかな、春風のような態度で……

成美　これまで全国の有名俳諧師からもらった紹介状は優に千通をこえるのではあるまいか。おかげで随斎庵は風呂の焚き付けに不自由したことはないのだった。

一茶　どうか一茶の実力をお認めくださいまし。下らぬ自慢を申すようですが、全身、俳諧の詩情《うたごころ》から成っております。なにを見ても俳諧になってしまいます。すべてを発句にしてしまうのです。詩情《うたごころ》が身の内から溢れ、たえず外へこぼれ落ちつづけておりまして、成美先生の御指導を得ることができますならばさらに磨きがかかって……

成美ぷいと背を向け、隅の机にいざり寄る。

一茶　立ち戻る机のもとや秋の暮。

成美、いやな顔をしながら、一冊の書物を開く。しおりは大きな木の葉である。

一茶　読みさしの本に木の葉のしおりかな。

成美くしゃみ。鼻紙で鼻と口とをおさえる。

一茶　鼻紙におさえかねたるくさめかな。

成美しおりを探す。

一茶　くさめして見失いたるしおりかな。

成美、顔をしかめつつ書物を引きよせる。

一茶　何事ぞ書を読む人のしかめつら。

成美、弓の折れで不自由な右足をかばいつつ立つ。庭へ。

一茶　にこりともせいで席立つことかいの。

庭に立った成美、ぺっと唾を吐こうとする。

一茶　痰唾《たんつば》の吐きどころなき虫の声。

成美、じっと上手を睨む。一茶、立膝で乗り出して成美の視線を辿って行く。

一茶　厠ですね。そして入口に菊の花。うーん。

成美、ザマミロという表情。

一茶　思わずも菊匂いくる厠哉。

成美、口惜しい。一茶の股間の褌を指す。

一茶　（見下しながら）肌寒むや褌かえん足袋はかん。

このとき、下手奥から盆を持ったおよねが登場。盆上に銚子三本、盃三つ、小盃三つ、箸三膳。

およね　成美の旦那、ただいま。今日の髪結いさん、どういう加減かすごい混みようで、とうとう一日仕事になっちまった。酒の肴は追い追い持ってまいります。とりあえずこんなところではじめていてくださいな。

一茶　虫の音や美人の声に敗れけり。

およね　（即席の発句で受け止めて）行く秋につれだつ虫の遠音《とおね》かな。弥太郎さん、いえ、一茶さん、おまえさんはあたしがここにいるのを知らなかったろうが、あたしはおまえさんがここにくるのを知ってたよ。

一茶　この美女に面影似たる花ありき。

およね　（ものすごい勢いで睨みつける）おまえさんに捨てられたおよねだよ。

一茶　（圧倒されて）やれ打つな一茶手をする足をする。

およね　（なごやかな目差しに戻る）昨夜《ゆうべ》、旦那がいっていた。「明日、一茶という若い俳諧師と歌仙を巻くよ」って。それで久し振りに髪結いさんへ行く気になったのさ。

一茶　（上手を指し）菊の香を嗅いで竹里の厠哉。

およね　竹里のことは先刻御承知さ。というより、旦那に竹里を売り込んだのはあたしなの。

庭で成美がそしらぬ顔で聞いている。

およね　上方で名をあげたらしいねえ。

一茶　知名度も中位《ちゅうぐらい》なりおらが名は。

およね　あたしは俳諧と秤にかけられ較べられ、揚句の果てに捨てられた女なんです。おまえさんに、せめてその俳諧で名を挙げてもらわなくてはあたしが浮ばれない。ねえ、今夜は竹里と三人でつもる話をしようねえ。秋の夜や昔ばなしときりぎりす。

およねは去る。一茶は見送って、

一茶　江戸川やあの美女恋せし時も有。

成美　(当てつけがましく) あの二人の未熟者はどうしたのだろうな。もう引き揚げたのだろうかな。

一茶は庭にとびおりて成美の前に両手をつく。

一茶　いやかえるはずなし一茶ここにあり。一茶はこの江戸で名を挙げたいのです。
それにはここへお出入りさせていただくのが一番の早道です。
成美　だから、二人ともまだそこまでにはなっていないのだった。
一茶　二人とも……？　竹里といっしょくたに扱わないでくださいませんか。だいたい竹里がどんな人間かご存知なのでしょうか。ここへまいる渡し船のなかで竹里が成美先生についてどんな蔭口を叩いていたか、ほんとうにお教えしたいくらいだ。
成美（はじめてちらっと一茶の顔をみる）……
一茶　竹里は、成美先生には盗作癖があるといっておりました。成美先生の代表的な発句に、「炭はねて心動きぬ冬籠《ふゆごもり》」というのがあるが、これは北村季吟《きぎん》門下の吟江《こう》の「はね炭になるる心や冬籠」を盗んだものだ。また成美先生の「物売の夜中を過《すぐ》る寒さ哉」は、去来の親友、伊藤風国《ふうこく》の「物売の急に成りたる寒さ哉」の盗作。そして成美先生の「蝿も蚊も吹き流れ〳〵御祓川《みそぎがわ》」は、杉山杉風門下の松木蓮之《れんし》の「蝿も蚊も皆つき流せ御祓川」を盗ったものだ、とそういっていましたよ。ひどいやつです、あの竹里という男は。
成美　ここは随斎庵、連句俳諧の会席ではないのだろうか。そうしてその会席では、すべてをはっきりと言い切ってしまうのは禁じられているのではないだろうか。なぜならば各人がてんでに、腹の底まではっきりさらけ出してしまうと、会席、すなわち座が成り立たなくなるからである。一座での付合《つけあい》は、たがいに心は開き合うが、腹の底までは見せ合わず、長句は五七五、短句は七七、季語は必ずよみこむ、ある定まった場所では月の句をよみ、花の句をよむ、などの式目《きまり》を守りながら、たがいに微妙に反響し合い、挨拶し合いながら、最後の揚句へと進んで行く。

講釈をたれつつ成美は離れ座敷へ戻り、一茶と竹里の荷物を、庭の、明後日《あさって》の方へぽんぽん放り投げる。なお、次の成美の台詞のなかで竹里が上手から出てくる。

成美　はっきりものを言い切るのを避け、もの静かに咲《え》みつつ式目《きまり》を守り、その一刻《いっとき》をたのしみ悦ぶ。そこにこそ一座が成り立つ。その座がいくつか集まってより大きな座をなし、そのより大きな座がさらにいくつも寄り合ってもっと大きな座をつくる……。そしてこういう座が限りなくザザザザーッと集まって大一座になったのが、この日の本の国なのである。しかるにいまだれかさんは他人《ひと》の洩らした蔭口を、はっきりあけすけあからさまにしては座をこわした。したがってだれかさんは俳諧師には向かない。いや、日本人にも向かないのではないか。

成美はピシャリと障子を閉《し》めた。

一茶　……外国人にも向かないのではないだろうか。みろ、おまえの成美批判のおかげでおれまで閉め出しをくっちまったぞ。
竹里　だからこそおれは中座して厠へ籠ったのだ。
一茶　なに？
竹里　二人ともここを失敗《しくじ》るのであればまだ辛抱できる。だが、おまえひとりだけが合格じゃあ口惜しくて死んでも死に切れない。そこで成美が聞いたらきっと腹を立てるに相違ないことをおまえに吹き込んでおいた。おれも憎まれるだろうが、告げ口をしたおまえも閉め出されるにちがいない……
一茶　畜生、出し抜くつもりが出し抜かれたか。
竹里　自分自身を恨め。自分のなかの薄みっともねえ売り込み根性を恨むがいいんだ。

一茶と竹里、荷物を拾って下手前の袖へ引っ込む。
離れの障子をそーっと開けて成美が顔を出すが、先刻までとは別人のように印象がちがう。すなわち、動作物腰に取り澄したところがなくなっている。

成美 （猫撫声で）およね、おいで。俳諧師のひよこどもが帰ってしまったよ。およね、竹里という男とおまえとが、どうやら出来ているらしいというのは見当がついているけれども、あの一茶はおまえのなになのだね。初恋の相手かね。

下手奥にお盆（その上に酒の肴）を持ったおよねが出る。

成美 およね、あの連中にどうして色目を使うのかね。おまえのことなど、あの二人はなんとも思ってやしないよ。この成美に取り入るための道具に使われているのだよ、およねは。

およねはお盆をその場に置くと、襟許をぐいと押しひろげ片肌脱ぎして座敷に入ってくる。

成美　わたしだけにやさしくしておくれ。

およねは成美の前に坐る。そのおよねの背中へ、成美は弓の折れを振りおろす。途端に暗くなり、暗いなかで弓の折れの、柔かな肉を打つ音。

八　咥《くわ》え紙

からくりの弥二郎が一茶の思い出を語り出す。背中へ回した両手が手拭で縛りつけられている。

からくり　その数日後、成美の旦那が柳橋の料亭へあっし等《ら》出入りの者を招《よ》んで「咥え紙」のお遊びをなすった。このお遊びは近頃では御法度になっているから知らない御仁《ごじん》も多かろうと思うが、先ず旦那衆が懐紙を細長く裂いたのを何十枚も座敷にばら撒きなさる。さて三味線のじゃじゃ弾きが始まりの合図、あっし等がその紙を口で咥えて取る。咥え取った枚数に応じて旦那がお金《あし》をくださるってのが式目《きまり》よ。あのときはたしか一枚につき百文だった。寛政の御改革の前は一枚につき金一両が相場だったというが、御改革の後は旦那衆、がっくり冴えなくなっちまったんだから仕方がねえ。（声を落して）お上の御用をつとめさせていただいていながらこんなことをいっちゃァなんだが、あの御改革の第一の眼目は札差潰しだった。御家人のみなさまが札差から蔵米を担保に借金なさる。その借金、つもりつもって何百万両。そこでお上は御家人のみなさまのために借金の棒引きを百と九人の札差旦那衆にお命じになった。つまり旦那衆は何百万両もお上に踏み倒されなすったのだ、そりゃァ羽振りも悪くなるさ。紙一枚につき金一両が、わずかの百文に目減りしたのも無理はねえ。おっともうひとつ、両手を使わねえで咥え取るというのもこの遊びの大事な式目《きまり》だ。使っていいのは口だけ。芸者衆がやると縮緬の蹴出しがちらちら、白い脛がちらちら。色っぽい観物《みもの》だが、野郎じゃどうも……

からくりいきなり身を投げて紙切れを咥える。

それがきっかけで明るくなる。

料亭二階の広々とした座敷。幇間、鳶の頭、大工、あまり売れているとは思えない役者などが畳を転げまわって紙を咥えようとしている。

一茶と竹里もいた。だが、二人とも畳の上を転がる勇気はない。

成美がおよねの酌で酒を舐めながらじっと一茶や竹里の様子を窺っている。およねが膳の上から砂時計をとって、

およね　はーい、からくり弥二郎製作の砂時計、上の砂が一粒のこらず下へ落ちまし

たよ。それまでそれまで。

一同、互いに背中合せになって手拭をほどき合い、咥え紙をおよねと成美に差し出す。枚数に応じて成美が手文庫から銭差しに通した銭を与える。先頭がからくり。

およね　おやおや汗びっしょり。一枚につき百文じゃ合わないねえ。

からくり　なあに遊んでお金《あし》が頂戴できるんだ、算盤はちゃんと合っておりますよ。

一茶と竹里、手拭をほどき合おうとするがそのとき、成美、明後日《あさって》の方へ、ただし鋭く、

成美　だれかさんとだれかさんは覚悟が足らん。

ほどくのをやめて成美を見る一茶と竹里。成美は他の連中に銭を渡しながら、

成美　腹がへっては、そして飢え死にしては、俳諧どころではあるまいに。百文あれ

ば一日くえる。一日あれば歌仙を一巻、巻くことができる。発句なら五、六句はよめよう。ならばどうして泥の中を這い摺りまわってでも、その百文を摑もうとしないのだろうねえ。百姓が泥田に這いつくばり、漁師がつめたい潮風に頰をさらし、職人が額から汗の玉を吹き出させ、商人《あきんど》が客にひたすら頭をさげそれでも合わぬ帳尻に首をくくろうか夜逃げしようかと脂汗の思案をしているときに、だれかさんとだれかさんは自ら業俳を名乗ってのほほんと日を送る。なにかするといってもせいぜい股火鉢で筆の穂先をねぶるぐらいが関の山だろう。しかも他の人びとは、百姓は米を、漁師は魚を、職人は桶や茶碗を、互いにわかち合い与え合う。商人ならばそれらの品々を甲地《あっち》へ運び、乙地《こっち》へ移して人びとの便宜をはかる。つまり、半分ぐらいは他人の役に立ってなんとか飯にありついている。ところがだれかさんとだれかさんは自分のためにのみ俳諧をし、その上、飯をくい、酒をくらい、女も抱きたいとぬかす。いやだな、業俳は。そんなことをそもそもお天道様《てんとう》がお許しくださると思っているのかねえ。

竹里　（一茶に）痛いところを衝《つ》かれましたな。図星だぜ、だれかさんよ。

一茶　（竹里に）しかし俳諧師は乞食じゃないぞ。幇間《たいこもち》でもない。芭蕉翁は乞食だったか、幇間だったか。

幇間　へん、幇間の苦労がどんなものか知っていっているのかい。太鼓三味線歌沢端唄、踊声色百面相と家へ帰れば血みどろの稽古だぜ。なによりも、道理そこ退け無理が通る一点張りの旦那方の機嫌とり、とても女房子供には見せられねえ図の連続《つづきもの》さ。（卜銭をもらう番になったので成美の前へ進み出て）えへへへ……

成美　だれかさんとだれかさん、そんなに業俳になりたければ、見栄も誇りもなにもかも捨てて俳諧に徹してみたらどうだね。血と汗とを流すのだよ。そうしたらその血と汗にお天道様が三度の飯をくださるかもしれない……、そうだな、もう一遍、咥え紙を撒こうか。

わーと歓声をあげる幇間たち。

成美　（制して）みんなはもういい。咥えるのはだれかさんとだれかさんの二人だけだ。

およね　旦那、もう銭差し銭は一本もありませんよ。それにあちらの座敷にはお膳の用意ができてます。せっかくの潮汁《うしおじる》がさめてしまうじゃありませんか。

成美がおよねの背中を力いっぱい片手で押す。

成美　景品はおよねだ。だれかさんとだれかさんはそろってこのおよねが好きなんだろう。

およね　（起き上って）旦那……

成美　ただし、およねは咥え紙で負けた方へやろう。勝った方へは多田の森の、この成美の寮を進呈しますよ。

一座、しーんと鎮まりかえる。

成美　だれかさんとだれかさんのうち、一枚でも多く咥えた方が今夜から随斎庵の主《あるじ》なんだ。そうしてたとえ負けてもおよねとは添い遂げることができる。分の悪い遊びじゃないと思うがね。（砂時計をとって）畳の上にまだたっぷりと紙が残っている。さあ、どっちかな、随斎庵の主になるのは。

成美は砂時計をひっくり返して畳の上に置く。一茶と竹里、その真意を計りかねて成美を見る。

成美　（明後日の方を向いたまま）一度ぐらい畳の上を這いまわってみろ。うんと恥をかくんだ。汗を流せ。額と鼻をすりむくんだ。畳を血で染めあげろ。

一茶と竹里はおよねを見る。およねは二人をじっと見返す。

成美　だれかさんとだれかさんは業俳志望じゃなかったのか。どうして俳諧に徹しないのだね。

一茶と竹里はたがいにみつめあう。

成美　成美の庵を引き継げば、ただそれだけで江戸でも指折りの業俳になれるのだぞ。

からくり　おい、旦那がせっかくああおっしゃっているんだ。とにかくはじめた方が得だぜ。

一茶と竹里は睨みあう。

成美　随斎庵の新しい主はどっちだ。

一同も「どっちだ、どっちだ」と手拍子で囃し立てる。ついに一茶と竹里は同時に畳へからだを投げ出す。そして餓鬼のように紙を咥えまくる。二人とも随斎庵がほしいのである。じっと目を光らせていた成美、弓の折れにすがって立ち上り、二人のまわりをぐるぐる廻って勝ちほこり、

成美　およね、よく見ておけ。庵ほしさに狂ったように転げまわっているこの二人の痴《し》れざまを頭のどこかにしっかりと刻みつけておくんだ。およね、この連中はおまえより小さな庵のほうがずっと大切なんだ。およねよ、見たか、この二人の心の底を。

およね（笑い出す）一茶さん、竹里さん、もうおよしなさいな。

成美　お、およね……

およね　いまさらあたしを選ぶなんていい出されちゃこっちが困っちまいますよ、旦那。一茶と竹里、二人とも最初からあたしより俳諧の方が大事とおもっている人たちさ。あたしをとるか、俳諧をとるか、そんなことは十二年も前から答は出ているんです。

ようやく一茶と竹里は転げまわるのをやめた。

およね　だからこそこうやって三人とも仲よくしていられるんじゃありませんか。あたしたち一座なんですよ。

成美　一座？

およね　一茶さんとは心で結ばれている。竹里さんとはからだかしら。そして一茶さんと竹里さんは功名心で結ばれている。それでいいんです。

成美　わたしはどうなる？

およね　旦那との結びの糸は……、お金でしょうね。それともその弓の折れかな。

成美はがくりと崩れてしまう。からくりたちがたすけおこして座敷から連れ出す。その成美の背中へ、

およね　旦那のことだって好きなんですよ。三人とも好きなんです。いまさら三人のうちで一番だれが好きかなんてきくのは愚の骨頂……。このままでいいじゃあり

ませんか。

およねは二人の手拭をほどいてやる。

一茶　庵はどうなったんだい？

およね　はじめからくれるつもりなんかあるもんですか。つまらぬことを掘り出し、ほじくり出す道具に使っただけ。

一茶　くそ。……でも二人ともおよねさんを選んでいたらどうなった？　つまり二人とも最後まで紙を咥えようとしなかったらどうなっていた？

およね　一茶さんが庵を捨ててかわりにあたしをとるはずないでしょ。

一茶　うん、いわれて見ればその通りかな。

竹里はずうっとおよねの胸許をのぞき込んでいたが、

竹里　およね（ト呼び捨てて）、どうしたんだ、その胸許のどす黒い痣は。

およね　なんでもありませんよ。

竹里　嘘をつけ。これでもおれはおまえのからだを隅から隅まで諳《そら》んじているんだ。
ついこの間までそんなところに痣なぞなかったはずだぞ。

およね　……

竹里　そのへんは脂がのってすべすべの、輝くように白い肌だった。見せな。

竹里、およねの片肌を剝く。背中を斜めに走る痣。胸許の痣。ほかにも二、三本。

竹里　ちくしょう……

一茶　およねさんてずいぶん色が白いんだなあ。はじめてみたよ。

竹里　だれだ、おれの……、いやおよねさんのからだをこんなに痛めつけたのは。

一茶　うつくしや初雪のふる玉の肌。

竹里　成美の野郎だな。

およね　旦那はひどいやきもちやきなんだよ。

一茶　塵の世を埋める雪の素肌かな。

およね　竹里さんと一茶さんにやさしい目つきをしたといって、弓の折れで折檻なさったんだよ。

竹里　あの野郎……！
一茶　跡つけし人を恨まん雪の肌。
竹里　ぶっ殺してやる。

ト　とび出そうとする竹里を押しとどめておよねは泣き出す。

竹里　どうした、およね、痛むのか。
およね　（しゃくりあげながら）うれしいのさ。
一茶　肌白し雪白粉《おしろい》を……

竹里とおよねが手をとりあい、見つめあっているのに気づき、きょとんとなる。

一茶　……塗りたるか。

とんと暗くなる。

九　灸

雲龍が下手袖に出て一茶の思い出を語りはじめる。

雲龍　その日の夜、竹里とおよねは手を取り合って、江戸から逃げ出した。下総の佐原で門付けをして銭を乞うて廻っている二人を見たという人もある。木更津で乞食をしている二人と行き会ったという人もある。だが、本当のところは誰にもわからん。わかっているのは、一茶という男が薄情だったということだけだ。一茶にはおよねの肌の傷と心の傷の痛みがわからなかった。わからなかったからこそ、およねの肌の白さを白雪に見立てて発句を連発していた。痣の方は目に入らなかったのだな。一方の竹里は、およねの傷の痛みをわが痛みと痛切に感じた。自分たちがおよねの周囲《まわり》をうろうろしている限り、この女のからだから痣はたえることがないだろう。竹里にはそれがつらい。そこで江戸を捨て、同時に業俳になる夢をも捨てた。竹里の、この深い情けにほだされておよねもまた江戸を捨てた……。おそらくこんなことだったのだろうと思う。

さて、同病あい憐れむというやつで、竹里とおよねが姿を消してから、成美と一茶との間につきあいが生れた。つきあいといっても無論、同等の、俳諧師としてのつき合いではない。随斎庵に泊めてもらうかわりに、庭の草をむしり、廊下を拭き、後架の金隠しを磨くという、そういうつきあいだったらしい。

もっともここまではすべて伝え聞きでな、わしが一茶に会ったのはずっと後のことだ。竹里とおよねが江戸から姿を消して十年後、つまり去年の秋、わしは上総富津《ふっつ》の織本花嬌《かきょう》のところではじめて一茶に会った。

明るくなる。上手に座敷、下手に小さな庵室。間に狭い庭。庵室では一茶（四十七歳）が脛に灸を据えている。虫の声。

雲龍　富津の織本家といえば、ごぞんじの向きもあるかもしれぬが、上総国君津郡《ごおり》の一郡すべてを所有する大地主で、上総第一の造《つく》り酒屋、おまけに大金貸《かねかし》だ。しかも、その貸し出し先は将軍家に限るというのだから途方もない富豪だが、花嬌はその織本家の未亡人。

上手の座敷へ手燭を持った花嬌（五十歳）があらわれる。年齢《とし》よりは十四、五若く見える、およねに似た女。花嬌は行燈に灯を移す。布団が敷いてある。ほかに文机。机上に硯、短冊、若干の書物。

雲龍　身代を息子の嘉右衛門に譲って楽隠居……

嘉右衛門　年に一度、江戸からお越しになる一茶先生について俳諧の道を学ぶのを母はなによりの楽しみにしております。

ト嘉右衛門（三十歳）が出て雲龍を上手の座敷の縁先へ連れて行く。源助（五十歳前後）という老僕が二人の後に従っている。

嘉右衛門　一茶先生には明朝にでもお引き合せいたしましょう。おっかさまと大乗寺の和尚様のお頼みで、江戸蔵前寿松院から大乗寺にお見えになったあなたさまのお宿をうちでお引き受けすることになりました。

雲龍　雲龍と申します。大乗寺の庫裡が普請中で、ご厄介をおかけいたします。

花嬌　いいえ、お安い御用でございます。何日でもゆっくりなさってくださいまし。

嘉右衛門さん、お見世の二階の八畳がよろしいですよ。

嘉右衛門　そのつもりでおります。それでは源助、お坊様のお世話をしてくださいよ。

源助　へい。さ、お坊様こちらへ。

雲龍、花嬌に向って両手を合せ、源助に導かれて上手へ入る。嘉右衛門がふと声をひそめて、

嘉右衛門　おっかさま、ほんとうにそのおつもりなんでございましょうね。

花嬌　頼みます。でも、改まってそんなことをたしかめないでくださいな。はずかしいもの。

花嬌は逃げるようにして文机の前へ坐り、墨を磨りはじめる。嘉右衛門は母親をしばらく眺めているが、やがてひとつ大きく頷いて、

嘉右衛門　えー、一茶さん。ちょっとお話がありますが、よろしいでしょうか。

ト庵室へあがる。一茶、あわてて灸の道具を片付けて、

一茶　よろしいもなにも、この一茶が居候ですから。どうぞご遠慮なく。

嘉右衛門　いやあ、母にはほとほと手を焼きます。今日、一茶さんがわが家へお寄りくださいまして、そのおかげで母はみごとに元気よくなられた。これはいい塩梅だとよろこんでおりましたら、さきほどから突然ふさぎの虫にとりつかれて、まことに調子が合せにくい。往生いたしますよ。

一茶　はあ……

嘉右衛門　はあ、とはまた他人事《ひとごと》のような。母がふさぎ込んだのは一茶さんのせいだ。晩餉《ばんげ》の後で、一茶さんがふと「奥信濃の柏原村へ引っ込むことになるかもしれぬ」とおっしゃったでしょうが。あのひとことが、母を打ちのめしたのです。奥信濃と上総はたがいに遠くへだたっている。一茶さんが奥信濃に引きこもってしまったら、もうこの富津へはおいでいただけないのではないか。母はそういうともうすっかり塩垂れてしまった。

一茶　こちらへはどんなことがあっても年に一度は寄らせていただきます。ただ、ちょくちょく柏原へ帰っておりますうちに、向うにも門人のようなものができまし

て、その面倒をみに一年の半分ぐらいは柏原で過さなければならぬかもしれぬ、というだけのことです。江戸に庵を構えるという野心は決して捨ててはおりませんよ。

嘉右衛門　それならいいが。我星《わが》は上総《かづさ》の空をうろつくか。

一茶　は？

嘉右衛門　一昨年《おととし》、一茶さんがわが家でなさった発句《ほっく》です。わが星は上総の空をうろつくか。「わが星」とは、この嘉右衛門の母のことだろうとおもいますが、いかがでしょう。

一茶　（真意を計りかねて嘉右衛門をみている）

嘉右衛門　去年のはこうだった。蚊を焼くや紙燭《しそく》にうつる妹《いも》が皃《かほ》。この妹が皃というのも母の顔のことでしょう。もうこれはりっぱな恋の句ですね。

一茶　いや、あの、その……

嘉右衛門　もう一句、意味深長なのがありましたよ。そうそう。……近よれば祟る榎や夕涼み。母の俳号は、花嬌の前が、夏の花と書いて夏花《かか》でした。榎は木扁に夏。すなわち榎とは母を指しています。そう、一茶さんは母に恋をしている。手折ってわがものにしたいとおもっている。しかし相手は富津の名家の未亡人、己の如き乞食俳諧師の想いを容れてくれるはずはない。かえって「なんていやらしい」と罵られ、出入り差しとめになるのがおちだ。花嫣に近よるな、下手に近よると祟るぞ。……それが、近寄れば祟る榎や夕涼み、の句となった。

一茶、とび退《しさ》って畳に額をこすりつけ、

一茶　お許しくださいまし。たしかにこの一茶は、嘉右衛門さんの母上様に懸想はしておりました。好きでした。しかし、もはや諦めています。ぷっつりと想いを断ち切った。証拠もあります。去年、こちらをお暇するときに一茶は、淋しさは得心しても窓の霜、という句をつくっている。おわかりでしょう、この発句の意味《こころ》が。秘めたる恋は諦めた。だから淋しい。その淋しさは納得ずみであるが、……

嘉右衛門　窓の霜はすぐ溶けて消えますな。つまり恋を諦めようという決心も、窓の霜のようにすぐ消えてしまう。というわけで一茶さんは、まだ母を想いつづけている。

一茶　只今をもってきっぱりと諦めます……

嘉右衛門　ところが母も一茶さんを好いている。

一茶　ま、まさか。

嘉右衛門　いまに母から恋の句が届きましょう。

　今度は嘉右衛門が畳に額をこすりつける。

嘉右衛門　そのときはどうか母に色よい返事を……。この通りです。

一茶　信じられませんが。

嘉右衛門　わたしの妻の曾和《そわ》の姿が見えないのにお気づきになりましたか。

一茶　なんでも病気養生のために実家《さと》へお帰りになっていると聞きましたが。

嘉右衛門　病気養生は世間体を繕うための方便で、真相はどうも母とはうまく行かず、そのいらいらが高じての里帰り。

一茶　よくある話ですな。

嘉右衛門　曾和はこう申しております。「おっかさまを取るか、この曾和を取るか、どっちかはっきり決めてくださいまし」と。

　源助が上手からあらわれ、座敷の縁先にしゃがみ込む。花嬌は源助をみてなにかを決心し、短冊に筆で句をしたためる。そのとき、月が雲間を出て、庭先を煌々と照し出す。源助は、ぐっと老け込んでいるが、あの竹里である。

嘉右衛門　ひとりは実の母、もうひとりは恋女房。将棋で飛車と角の両取りをかけ、さあどっちを取るかというのとはわけがちがう。この嘉右衛門にはどちらもかけがえがない。散々に悩みました。が、今日、一茶さんが奥信濃に引っ込むと聞いてふさぎ込んだ母をみているうちに天来の妙案を思いついた。一茶さんが母を好いているのはたしかだ。母もまた一茶さんを好いている。ならばこの二人をくっつけちまおう。

一茶　（すっかり上機嫌）くっつけちまおう、はひどいな。われわれは犬や猫ではありませんよ。

嘉右衛門　幸い江戸深川黒江町にうちの出店がある。敷地は五百坪。そこにちょいとした庵を建てて、一茶さんに母と住んでいただこう。

一茶　はっは、一茶は夢をみているようです。

嘉右衛門　下男と下女もつけよう。

一茶　いやはや、それはどうも。

嘉右衛門　仕送り年に壱百両。
一茶　お大尽ぐらしができます。
嘉右衛門　時折、出店の帳場の帳面をみていただくかもしれませんが……
一茶　つまりこの一茶は遊俳になるわけですな。これでもう夏目成美とは対等だぞ。

右の対話《やりとり》の間、花嬌が源助に短冊を渡し、離れに届けるよう指図して、文机の前へ戻る。源助は月の光で短冊の句を読んでいるが、やがて懐中から矢立てを取り出し、筆で短冊の句になにか細工を加える。

一茶　しかしまさかこの一茶を担ごうというのではないでしょうな。……全部ウソ、冗談、洒落というのではありますまいね。
嘉右衛門　命がけでお願いしているのです。曾和を呼び戻すにはこれしかない。母の気持もちゃんとたしかめてあります。

源助が庵室へそっと例の短冊を差し出す。嘉右衛門、短冊へ顋をしゃくって、

嘉右衛門　ほうら、母から一茶さんにあてた恋文ですよ。

一茶は短冊を奪うように取って、

一茶　（詠みあげる）月に雲……

嘉右衛門　それで？

一茶　（声が出ない）……

嘉右衛門　ひょっとしたら、月に雲われにきみある今宵かな、ではありませんか。月には雲がつきものであるように、わたしにはあなたという人のいる今宵であることよ。そういう意味《こころ》の、可憐な句でしょう。

一茶　いや、月に雲あれるきみある今宵かな、とある。

嘉右衛門　われにきみある、のはずですよ。

一茶　いや、あれるきみある、です。荒れ気味の今夜かな、ということです。

嘉右衛門　（短冊を引ったくり）そんなことは有り得……たか。ふうん、「われに」を消して「あれる」と書き改めてありますねえ。

一茶　月に雲あれるきみある今宵かな。……不吉な句ですなあ。

上手の座敷では、花嬌が二枚目の短冊をしたため、源助に手渡す。次の嘉右衛門の台詞の間に源助（くどいようだが、かつての竹里である）は、月の光で短冊を読み、筆を加えてから庵室へ届ける。以下何回か同じ手続きが繰り返される。

嘉右衛門　一茶さん、わかってやってください。母はもうだいぶ年齢《とし》ですが、男といったらこの嘉右衛門の父親ひとりしか知らぬ、いわば純情な小娘《おぼこ》なんですから。ついはずかしくなって思わず書き直してしまったのでしょう。そのうちに度胸もつき、本心を打ち明けて……

すっと差し出される二枚目の短冊。

嘉右衛門　きました。

一茶　（短冊ひったくって詠む）名月や掃けども掃けども……

嘉右衛門　松の影、でしょう、たぶん。名月や掃けども掃けども松の影。月の光で座敷の畳の上に松の影が落ちている、いくら掃いてもなくならぬことよ。松を、人を待つと読みかえて解釈すべきでしょうな。すなわち、母はあなたを待つ待つ待つ、待って待って待ちぬくといっているのです。

一茶　それがじつは「梨の影」になっている。なし、なし、なし、なし……

嘉右衛門　（覗き込み）うーむ、松を消して梨と書きかえていますな。まだ、度胸が定まっていないらしい……

すっと差し出される三枚目の短冊。

一茶　（半分自信をなくしながら詠む）秋の夜や月を……

嘉右衛門　月を並べて長ばなし、ではありませんか。なぞなぞ句ですぞ。月を並べて書いてごらんなさい。朋友相信ジの朋の字になりましょうが、朋とは親密なる友の意味ですから、つまり、親しき友よ、いらっしゃい、という誘いの句になります。

一茶　いや、月を並べて、とはなっていない。月をこらえて長ばなし、です。月をこらえて……。なにか迷惑そうですねえ。

嘉右衛門　（覗いて）なるほど、おっかさまはいま月に一度の月水の期間なんだ。それで書き直したんだな。ふうん、しかし女というものはなかなか干上らんものですな。

すっと差し出される四枚目の短冊。

一茶　（もうほとんど諦めている）名月や乳房くわえて指……（ト声もなく泣く）

嘉右衛門　指なめて、でしょう。そのものずばりのばれ句です。月の光の下で、わたしの乳房をくわえてください、指をなめてわたしの……を愛撫してください。母はそう訴えている。月水だろうが、なんだろうが、構うことはありません。さ、さっそく忍んで行って母を……

一茶　指さして、と書き直してある。

嘉右衛門　（覗いて）名月や乳房くわえて指さして、か。おかしいな。

一茶　嘉右衛門さん。

嘉右衛門　はァ？

一茶　あなた、一人ッ子でしょうが。

嘉右衛門　はい。

一茶　では、母親の膝の上で、乳房をくわえながら名月を指さしている幼な子は、あなたご自身ではないですか。

上手では花嬌が立ったり坐ったりしながら庵室からの返句を待っている。

一茶　わたしは花嬌さんを以後、女子《おなご》とは思いますまい。同じ俳諧の道を究める同志、そう考えることにいたします。というのも、あの女《ひと》はいまの「名月や乳房くわえて指さして」の句で、自分は嘉右衛門の母であり、それ以外のなにものでもないということをはっきりと告げられたと思うからです。

嘉右衛門　……この嘉右衛門も只今の句で目がさめました。母は、永遠にわたしの母なのですね。妻の曾和を必死で説き伏せようと思います。妻もこの世にただひとり、しかし母もこの世でただひとり。どちらも手ばなしてはならぬものなのですね。母を江戸へ送り出そうとしていたわたしは、まことに救いようのない愚か者でした。ありがとう、一茶さん。

ト礼をして庭に出、上手の座敷へ声をかける。

嘉右衛門　おっかさま、おやすみなさいまし。

花嬌　あのう、返句が一句もまいりませんよ。

嘉右衛門　返句は永久にまいりません。一茶さんは、こうおっしゃっておいででした。「花嬌さんを女子《おなご》とは思うまい。同じ俳諧の道を究める同志と考えることにしよう」と。曾和にはよくいってきかせます。これからはきっとうまく行きますよ。おっかさま、いつもの寝間でおやすみなさいまし。

嘉右衛門は上手に入る。

花嬌、しばらく石の如く動かぬ。がやがていきなり夜具の一端をびりっと引き裂く。

花嬌　（庭へ）源助さん……

源助　（暗がりから這い出して）はい。

花嬌　夜具を片づけて。それから灯《あかり》の始末も。

源助　かしこまりました。

花嬌は座敷の奥へ去る。源助、座敷へあがろうとするが、そのとき、庵室で一茶の呻き声。一茶は客席に背を向け股間に灸を据えていた。源助、庵室をのぞいて、

源助　ほほう、へのこ灸かね。
一茶　うるさい、あっちへ行け。
源助　ここ数年、花嬌様に惚れてここへ通ってきているらしいな。そして今夜は、思わぬ風の吹きまわしから、花嬌様を抱く寸前まで事が運んだ。が、突然、また風向きが変って、ふたたび花嬌様は雲の上のお人になってしまわれた。さあ、おさまらないのは、その股間のでち棒よ……
一茶　（振り向いて源助を見る）よくしゃべる、庭男だな。
源助　ぴんとおっ立ったきり小さくならねえ。そこでなだめのへのこ灸……
一茶　竹里じゃないか。
源助　あいかわらずうだつの上らねえ田舎廻りの俳諧師のようだな。
一茶　そういうおまえも庭男。おたがいさまじゃないか。しかし、どうしておまえがここに……？
源助　この春のことだ、物乞いをしながら勝浦から鹿野山を越えてこの富津へやって

きた。とたんにおよねが卒病《そつ》になって倒れた。

一茶　およねさんか。懐しいな。

源助　困り切っているところを花嫣様に助けていただいた。およねは花嫣様とよく似ていた。そこで花嫣様はおよねを実の妹のようにねんごろに扱ってくださった。だが、およねは夏を持ちこたえられなかった。

一茶　するとおよねさんはもうこの世の人ではないのか。

源助　ああ……。この富津の大乗寺に埋めたよ。それからはこの竹里、花嫣様にお仕えして生きている。外出《そとで》のときのお供、連句のお相手、お部屋の掃除、布団のあげおろし、走り使い……

一茶　（ピカッと閃く）走り使いだと。するとさっきの短冊の中継ぎもあんたか？

源助　へっへっへ……

一茶　また、おれを出し抜いたな。花嫣様の恋の句に、貴様、途中で筆を加えたな。

源助　この竹里の技倆《うで》もまだそう落ちてはいねえだろう。短冊を座敷からこの庵室へ運びそのわずかな間に、狸の毛の混った筆の穂でチョイチョイ、恋の句をみごとに拒絶の句に化けさせたのだからな。

一茶　花嫣様ッ。

一茶は四葉の短冊を摑んで庵室を飛び出し、上手座敷の縁先から奥へ向って叫ぶ。

一茶　花嬌様、すべて竹里の、いやこの源助の策略でございましたぞ。花嬌様の恋の句を源助が改竄してしまっていたのでございます。短冊にその証拠が残っております。お改めくださいまし。

上手奥から花嬌。寝着姿。

花嬌　俳諧の道に遊ぶ者は常にもの静かであらねばならぬ、それが芭蕉翁のお遺しになった最大の教訓である……、そう教えてくださったのはどなたでしょう。

一茶　しかしこの一茶の一生にとって、今が分れ道。この身の運が開けるか、尽きるかの境。もう一度……

花嬌　（きっとなって）もう一度？　それはもはや無理なこと。あのような勇気は一生に一度しか出ませんよ。おたがいに生れ変ってまた巡り合う機会にでも恵まれましたらそのときに……（ト引っ込みかけて、ふと立ちどまり）一茶さんも源助さんも、明日の朝早く、この富津を発《た》ってくださいね。草鞋銭は番頭から差し上げます。

花嬌は去った。呆然としている一茶。にやにやしてそれを眺めている源助こと竹里。

……と竹里はめし泥に戻って、

めし泥　八丁堀の旦那、ここんところがどうももうひとつ踏み込みが足りねえような気がいたしますが……

一茶、八丁堀同心見習に戻って、

五十嵐　なに？

拾　明神一座の請負仕事

以下の、めし泥と五十嵐との対話《やりとり》の間に、上手下手《あっちこっち》から一同が出てくる。番人の忠八や船頭の吾助は、飾りを元の自身番に戻し、他の連中はひと息入れながら私語を交したり、二人の対話に聞き耳を立てたり……

めし泥　竹里はただ一茶を出し抜くために花嬌の恋の句に筆を入れたのでしょうかね。
　わたしはどうもそうじゃねえとおもう。
五十嵐　わたしは雲龍さんから聞いたとおりに芝居をこしらえただけだが、出し抜くためじゃねえとしたら、竹里が筆を加えた動機はなんだい。
めし泥　ある種の友情……
五十嵐　ほう。
めし泥　一茶はうだつの上らねえ業俳の暮しにうんざりしていた。だから花嬌と江戸に出て、花嬌の息子の嘉右衛門からの仕送りで、のんびりとあくせくせずに俳諧三昧のできるいわば遊俳の暮しに憧れた。その一茶を、竹里は竹里なりのやり方ではげましたんですよ。「やい、一茶……」

めし泥　「な、なんだ？」

五十嵐　「おめえが、どうしても業俳になりたいと我を通したために、いったい何人の人間が不仕合せになったとおもっているんだ」

めし泥　「……すくなくともひとりは、不仕合せになったかもしれない。……そう、およねさんはたしかに……」

五十嵐　「この竹里だってそうよ。いまさらおめえに業俳をやめられてたまるか。業俳を貫きやがれ。でねえとおよねさんも、この竹里もうかばれねえじゃねえか」。……だから竹里は、花嫡と結ばれようとしていた一茶の足を払ったんじゃねえかとおもうんです。

五十嵐　なるほど、たしかにおめえの読みは深いや。

ト考え込む。雲龍と番頭の藤六が、左右からめし泥の蓬髪を掻き上げ、額を剝き出しにし、

藤六　この明神座の連衆のなかでは、あたしは一番長く竹里という男とつきあっているんですが、どうも似てるような気がしますがね、こいつ。

雲龍　わしは竹里ともっとも最近に出会っている。ただしちらっと見ただけだが、おい、めし泥棒、おまえは去年の秋まで富津の織本家の庭男をしていた源助じゃないのかね。つまり偶然のめぐり合せで、本人が本人の役をやっていたのではないのかね。

めし泥　と、とんでもない。

からくり　（十手でめし泥の顎をぐいと起し）それにしちゃあ、竹里についてずいぶんと穿ったことをいってたじゃねえか。

めし泥　ただの喰いつめ者です。越後の高田から出てきて以来ずーっと不運つづき。かんな屑よろしくその日その日の風向き次第であっちふらふら、こっちふらふらしている情けのねえ男で……

風鈴　ちょっと待て。懸賞句会の場で、竹里も「越後高田の出だ」といっていたぜ。

なにか考えながら同心のこしらえに戻っていた五十嵐がぽんと手を打って、

五十嵐　どうやら犯人《ほし》は一茶じゃなさそうだな。

一同、瞬時、しーんとなる。その沈黙を意味づけるかのようにバーンと炉で爆《は》ぜる栗二つ三つ。栗はむろん、弐の場面で埋められたものである。

五十嵐　この一茶先生は女に対して押しが足りないな。どうしても業俳から遊俳に鞍替えしたければ花嫁を手ごめにしたってよかったとおもうね。こんな迫力のない男に四百八十両も盗めるものか。

お園　ちょっと旦那、一茶は錠前に詳しいんですよ。

源七　竹里から二六庵を横取りしたんですぜ。

藤六　わたしの腕をへし折ったんだ。凶暴だ、やつは。

膠　おまけに告げ口、蔭口がお得意の汚い野郎なんです。

からくり　人の情というものを解さねえ化物だ。

雲龍　富津の織本花嫖は、一茶にとってもっとも太い金蔓だった。そこを去年、一茶はしくじった。ということは一茶、相当に追いつめられていた。切ッ羽つまっていた。

お園　愛想が悪いんですよ、あの一茶は。それに酒が入ると法螺を吹く。でなきゃ泣き言、繰り言の総揚げだ。弟子なんか寄りつきゃしない。このお園も今年限りでやめようと思っていたところなんです。旦那、わかるでしょ、あの一茶にはどこからもお金《あし》の入ってくるあてがなかった。なのに年の瀬は迫ってくる。そこへポンと四百八十両という大金があらわれた。猫にまたたび、金魚に焼き麩ですよ。

からくり　そのとおり。只今の御吟味芝居の一齣《こま》一齣がすべて、犯人《ほし》は一茶のほかにない、と語っておりますぜ。

金兵衛　もうひとつ、この金兵衛が成美さんから直接《じか》に仕入れた話を申し上げましょう。わたしが留守にしていなければ、だれよりも先に旦那のお耳に入れて只今のお芝居の一齣にしていただいたと思いますが、それはさておき、一茶は成美さんや鈴木道彦や建部巣兆など江戸一流の遊俳たちのところへ行っては、「自分の机の前に飾りとうございます。短冊になにか一句、ちょこちょことお書きいただけませんでしょうか」と頼み込む。ま、三度に一度は先生方も一茶の願いをおきき入れになります。……すると一茶はその短冊を奥信濃へ持って行き、土地の金持に高い金で売りつけているのだそうで。困ったことだと成美さんも頭をかかえておられましたよ。

五十嵐　だが、なぜ、成美の寮に四百八十両もの大金がおいてあったのだい？

一同、たがいに顔を見合せる。また炉で爆《は》ぜる栗。

五十嵐　御吟味芝居の、成美の寮の場で一茶を演《や》りながら、じつはそのことばかり考えていたんだ。札差の旦那が寮へ出かけるときは算盤も帳面も金もみんな本宅へ置いて出かけるはずだ。妾と遊び、俳諧を楽しむ。その場所が寮だもの、商売を持ち込むはずはない。なのに商売用の大金を成美はなぜ寮へ持ち込んだか。

からくり　旦那、そう尖《と》んがらかった声を出さないでくださいよ。この一件をね、あまり深く考えるてえと泥沼にはまりますぜ。

五十嵐　そういえば、からくりの親分は、たしか寛政の御改革のあと、札差仲間はどこもみんな青息吐息だといっていたね。

からくり　へえ。

五十嵐　その青息吐息の札差が、どうして四百八十両もの遊び金を持っていたのだろう。あの啞え紙の場ではずーっとそのことがひっかかっていた。

一同、金兵衛を中心にひそひそ声で相談をはじめる。

五十嵐　成美の寮に四百八十両はなかった。どうもそんな気がするんだけどなあ。仮にあったとしても、一茶が盗む気になるだろうか。寮には自分しかいない。自分が留守番である。金を盗めばすぐそれとわかってしまう。そんなときに盗むやつがいれば、よほどどうかしている。一茶はそれほど愚かじゃないとおもうがね。やっぱりこれは、成美の狂言ではないかしらん。だいたい、四百八十両紛失を届け出てこないというのがおかしい。いまの御吟味芝居、自分がまず犯人《ほし》の立場になってみろ、という伯父の教えを守るならば、一茶になるより、成美になった方がよかったんじゃないかな。

一同、ごにょごにょと笑う。狂ったように炉で栗がいくつも爆《は》ぜる。

金兵衛　（その栗を拾って喰いながら）エヘヘヘ、はやいもので来月は師走ですな。この町内でも年を越せないという連中がたんと出てまいります。そういう連中の肩がわりをして借金を払ってやり、その上、正月の餅代の面倒までみてやろうということになると、ざっと二十両の金が入り用となります。

お園　ほかにも、あたしの場合は、病気の亭主に朝鮮人参をのませてやりたいとか、ちょいと欲がありましてね。
藤六　親孝行がしたいんですよ。正月に両親《ふたおや》を箱根へ湯治にやろうとおもっています。この孝心をほめてやってくださいな。
吾助　娘の晴着を新調してやりたいな。
膠　嬶がべっ甲の櫛をどうのこうのといいやがって、もううるさくてしょうがねえんですよ。
風鈴　そば屋の屋台をぼつぼつ買い替えねえと、エヘ、売上げにひびきます。
雲龍　貧民どもへの正月のたき出しの資金《もとで》がいる。これは蔵前寿松院の毎年の行事だ。
休むわけにはいかん。
からくり　新式の時計をつくりてえとおもっているんですよ、旦那。ゼンマイを改良すればというめどはついているんだが、なにしろこの先立つものがね、へへへへ。
源七　貸本屋もいいが、ときには自分ところから書物を一、二冊出したいと思いまして。
忠八　新しい布団に寝たい。あたしの望みはそれだけ。つつましいもんでしょ。
金兵衛　とまあ明神座の連衆のささやかな願いも叶えるとなると三十両ばかり要《い》る。さらに旦那にも、早手回しのお年玉をさしあげたいとおもい、さるお方から持ち込まれた仕事を、この明神座で請負いました。

五十嵐　お年玉？　このわたしに？

金兵衛　へえ。四百八十両を盗んだ犯人を旦那がしょっぴきなさる。それがお年玉。ひと月もたたぬうちにこの大手柄。会所見廻同心見習から、さっそく見習の二字がとれますよ。ましてや、旦那の伯父様は八丁堀の筆頭与力、これが切っかけでとんとん拍子の出世をなさるは必定。間もなく同心の花形、定町廻同心に……

五十嵐　ちょっと待ってください。仕事というのはなんです、仕事を持ち込んできたさるお方とはだれです。

金兵衛　……さるお方というのは札差井筒屋八郎右衛門様……

五十嵐　やっぱり夏目成美がからんでいたか。

金兵衛　そして仕事というのは、濡米《ぬれまい》づくりのお手伝い。

上手袖近くにしゃがんでいためし泥が、頭を擡げる。

五十嵐　濡米？

金兵衛　はい。濡れた米と書いて濡米。

五十嵐　なんです、それは。
金兵衛　天領からの年貢米がこの蔵前のお米蔵めざして、海を、川を船で運ばれてまいりますな。不幸にしてその船が嵐にあって引っくり返る。年貢米が濡れましょう。そうするとその年貢米は濡米ということになる。いってみれば不良品ですから、お米蔵の御蔵《おくら》奉行、濡米はお受け取りにならぬ。札差に二束三文の安い値段で引き取るようお命じになります。札差は、ですから濡米が出ると大儲けなさいます。
五十嵐　すこしずつ読めてきたぞ、からくりが。嵐以外の手で、その濡米をつくりだそうというのだな。
金兵衛　さすがは筆頭与力の甥御様。のみこみがお早い。
五十嵐　しかし、それと一茶とがどこでどう結びつくのだ？
金兵衛　船に細工するには船頭を抱き込まねばなりません。遭難場所の代官所や地頭所に鼻薬を嗅がせる。御蔵奉行にも五、六十両の袖の下がいる。つまり資金《もとで》に四、五百両かかる。このたびの濡米づくりは市川のちょいと上流《かみ》、濡米になるのは会津天領からの二千石です。札差は資金《もとで》を回収した上で千数百両が濡れ手で粟、というより濡れ手で米……

五十嵐　待てよ、えーと……

金兵衛　旦那がお考えになるより、こちらからお話し申し上げた方が早いでしょう。船頭、代官所、御蔵奉行その他へばらまく口封じ金には、札差会所に積み立ててあるまさかの時に借り出す予備金を充《あ》てます。これは半ば公金、公けの金です。いつなんどき勘定奉行のお改めをうけるかもしれません。いや、師走の初めには十中八九、お改めがある。そこで井筒屋さんが借り出したことにしておく。そうすれば……

からくり「こら、予備金が四百八十両足らんぞ。どうした？」

金兵衛　と勘定奉行のお改めがあっても、

忠八「は、手前井筒屋が借り出しました」

からくり「借り出して何に使った？」

忠八「それが手前どもの油断から盗まれてしまいました」

からくり「なんだと」

忠八「さきごろ俳諧師一茶なるものが小伝馬丁牢送りとなりましたが、あの一茶が犯人でございます」

からくり「金はみつかったか」

忠八　「それがどこに隠したものか一向に……。しかし年内に、この井筒屋が自腹を切ってでも、必ずお返しいたします」

からくり　「うむ。きっとそういたせよ」

金兵衛　とお改めを躱《かわ》すことができます。あとは濡米の売り上げが暮には入ってまいりますから、そのうちから四百八十両、札差会所へ返します。これですべては元通り。

五十嵐　一茶はどうなる？

お園　乞食同様の業俳の一人や二人、どうなったっていいでしょ、旦那。あの連中は、働きもしないで十七文字をひねくりまわす穀潰し。これまで遊び呆けていた罰が当ったんですよ。

藤六　そりゃ、たしかに可哀想ではありますよ。でもねえ、旦那、この明神座が一茶を犯人に仕立てあげることができれば、この界隈にいい正月がやってくるんだ。札差の旦那方もあたしたちも、蔵前一帯の住人がひとりのこらずいい年をむかえることができるんです。一茶ももって瞑すべし、でさ。

金兵衛　おわかりで、旦那？

五十嵐　汚い手を使うね。

金兵衛　勘定奉行に訴え出ますか。
五十嵐　それも一案だな。
金兵衛　八丁堀の伯父さんがお悲しみになりますよ。伯父さんにも口封じのお金が行っておりますから。
五十嵐　そうか。それで伯父貴はおれをここ蔵前札差会所に同心見習として送り込んだのか……。ちぇっ、つまりおれはばかな踊りを踊らされていたわけだな。
金兵衛　香取神宮へおまいりに、というのは口実でじつは市川から八丁堀まで、金を届けてまわっていたんですよ。
五十嵐　くそ、なにからなにまで……
お園　ごちゃごちゃいってないで、旦那、すなおに初手柄をおたてなさいな。御吟味芝居のあちこちに、いくらでも一茶をしょっ引く材料がころがっていたはずですよ。

五十嵐は頭を抱え込む。めし泥が突然、立って、

めし泥　旦那、御蔵奉行に引き渡すまでは、米はまだ百姓のものなんですよ。てえこ

とは、濡米が出るとそれは百姓の落度になる。百姓はもう一度、二千石、お上へおさめなきゃあならなくなる。大変なことなんだ、これは……。女房を売り、娘を売りしても十年や二十年はかかる。旦那、こんなばかなはなしってありますか。

五十嵐　……

金兵衛　めし泥、濡米はもうできてしまっているよ。そう、ちょうど今時分かな。

めし泥　罰当りの穀潰しめ！

風鈴　捨てるわけじゃねえ。結局、人間様の胃袋におさまっちまうんだ。それでいいじゃねえか。

めし泥　旦那、だいたい一茶というやつは、行倒れを見れば怯える、近所に人殺しがあったと聞けば戸板を釘付けにして家に閉じこもる、墓場にぶつかりそうになれば遠まわりする、そういうやつなんです。そんな男に四百八十両が盗めますか。

雲龍がめし泥に寄る。

雲龍　ばかにくわしいではないか。貴様、やはり竹里だったな。

めし泥、五十嵐を楯にして、

めし泥　一茶は毎日こまかく句日記をつけています。それをお読みになるといい。小さな虫の句ばかり詠んでいますよ。それから小鳥……。そんなやつになにができますか。

雲龍　旦那、ちょいとどいていただけませんか。

五十嵐　……

めし泥　あんな臆病者は見たことがない。一両の金をみただけでぶるぶるふるえだすようなやつなんだ。そんな男になにができますか。あいつはね、自分が可愛くてしょうがねえんです。そんな野郎になにができるってんです。

五十嵐　行っちまえ。めし泥棒だか、竹里だかしらないが、さっさとこの自身番から出て行くんだ。

めし泥　へ？

五十嵐　札差会所見廻同心見習として命じている。愚図々々してると番屋へしょっぴくぞ。いいか、どんどん先へかけて行くんだ。この連中にとっつかまってみろ。口封じになにをされるかしれやしないぜ。

めし泥　旦那……

五十嵐　自分たち一座のためになることなら人でもとって喰おうという連中さ。鬼の一座よ。早く行っちまえ。

めし泥　へ、へい。

めし泥、後退り。一座の連中が追おうとするのへ、

五十嵐　竹里を追ってみろ、黙っちゃいないから。世の中にこの一座のことをふれまわってやる。そうだ、竹里、こんど一茶に出会うことがあったらこういってやれ。江戸と切れるんだって。成美なんぞをありがたがっていちゃだめだよって。

めし泥　へい。

五十嵐　奥信濃に引っ込んじまえって。

めし泥　（完全に退場していたが、また屁っぴり腰であらわれて）しかし……

五十嵐　わかってます。奥信濃には碌な俳諧師がいない、そういう連中と歌仙を巻いていると技倆《うで》が落ちるってんでしょう。

めし泥　そうなんです。

五十嵐　発句に命をかけりゃいいんだ。発句ならひとりで出来るだろう。芭蕉翁の猿真似はよして、発句によって立てばいい。千句も万句も発句をつくるのだ。座を捨てて、自分ひとりになるんだよ。
めし泥　なるほど。発句に専心せよか、なるほど。
五十嵐　感心してないで、はやく逃げなさいって。
めし泥　へい。

ト めし泥は引っ込む。

五十嵐　(一同へ) おっと、追ってはいけないといったでしょう。それから、いいですか、一茶がしょっぴかれるようなことがあれば、やはり世の中にふれてまわりますからね。
お園　旦那……
五十嵐　旦那はもう願いさげ。やめましたよ、こんな妙な仕事は。

五十嵐は、十手を、羽織を、印籠を、次々に足許に捨てて、

五十嵐　市村座の狂言作者部屋へ戻ります。おっとご心配なく。おれは口がかたい。ただし、耳はいいんだ。竹里や一茶の身の上になにか異変が生じたと知ったら、やはりふれてまわります。

殺気。たとえば金兵衛は炉の長火箸を逆手に持つ。

五十嵐　損ですよ、おれを殺《や》っちまったりしては。こっちに何かあったら、こんどは竹里が黙っちゃいない。（下手へ後退りしながら）脇差も邪魔っけだな。金兵衛さん、こいつを八丁堀の伯父貴に返しといてくださいよ。

五十嵐は脇差をほうり出し、下手へ入る。が、すぐ顔を出して、

五十嵐　今夜中に一茶の禁足をといてやってください。いいですね。

五十嵐、念を押して戸外《そと》へ飛び出して行く。

最後の栗、ひとつだけバーン。一同、金兵衛を注目する。

金兵衛　ちっちっちっ、負けたな。ときに、一茶の代りになるような、近ごろ評判の悪い男はいませんかな。まずそのあたりからやり直し。さあ、智恵をしぼっていい正月を迎える算段をしなくてはなりませんよ。そのための一座、明神座なんですからな。

一同、甲某、乙某、丙某、丁某と名前をあげ、小林一茶に代る犠牲者の人選に熱中しはじめる。そこへゆっくりと幕がおりてくる。

拾壱　影絵芝居

その幕は、例の、一茶の『七番日記』文化七年十一月上旬の日録を記した字幕である。この幕に、茶碗酒をまわし飲みしながら犠牲者の人選に熱中している明神座の連衆の影が浮びあがる。つまりこれからしばらくは、小さな影絵芝居になる。やがて、人選が終ったのか、連衆は江戸市民歌『花のお江戸の八百八町……』をうたい、浮かれはじめる。とそのうちに、明神座連衆の影が次第に遠のいて行き、かわって奥信濃へ急ぐ一茶の影が小さくぽつりと浮ぶ。一茶の影は、「江戸は反吐《へど》、江戸は反吐……」と呟きつつ、どんどん大きくなり、最後に字幕全部を占めるに至る。その影をやさしくいたわるように緞帳がゆっくりとおりてくる。

（『海』一九七九年十二月号）
単行本　一九八〇年二月　中央公論社刊

後口上

うれしいときはうれしい顔になり、かなしいときはかなしい顔になる。こんなことは、ごく当たり前……でしょうか。たしかに子どものころなら当たり前かもしれませんが、世の中に出て、自分の食い扶持を自分の才覚で稼ぐとなると、当たり前ではなくなる。生きるために、表情を厳重に管理しなければならなくなるからです。そしてそのときから人生の悲喜劇が始まるのです。

たとえば、浮気がバレて夜どおし妻に詰《なじ》られ心身ともにへろへろのやり手の部長さんでも、会社に出たとたん、いかにも部長部長した顔で部下に雄々しく指示を与えなければなりません。これは精神的な重労働ですね。

また、愛人のいることを隠して「おかえりなさい」と夫の帰宅を迎える奥さんは、いかにも糟糠の妻らしい顔で味噌汁を温め直しながら「いっそ鍋の中に青酸カリを入れたら……」と思っているかもしれません。まったく人生はおそろしい。

ニコニコと客を迎える某大百貨店の呉服売場の美人店員さんの胸のうちを、いったいだれが知っているでしょうか。「こら、おまえ、さっきから着物の柄に見とれているそこの豚のような婆ァ、そう、おまえのことだよ。そんな柄が、おまえさんに似合うわけがないだろうが」と胸のうちで毒づきながらニコッとしているのかもしれないし、「いまごろ純ちゃん（恋人の名）はなにをしているかしら。あたしのことを想ってくれているのかしら」と思ってニコッとしたのかもしれません。

「いらっしゃいませ、こんばんは」と声をかけてくるハンバーガー店の女子店員の、おてんと様みたいに真ん丸な笑顔がホンモノかどうか、だれにもわかりません。「あれはマニュアル笑顔なんだ。ということはつまり、おれは欺かれている」なんて、いちいち考え込んでいると、そのうちに頭がおかしくなってしまうでしょう。

つまりわたしたちの表情は鎧なのです。その下に本心を隠している。その鎧もよほど頑丈でないといけない。さもないと、だれかに本心を見抜かれてしまいますからね。外に出ると自分の本心がだれかに見破られてしまうと恐れる気持が広場恐怖症の原因だと、むかし精神科のお医者さんから聞いたことがあります。

このように本心を隠しながら表情を管理するのが人生のむずかしさで、それをうまく操作できなくなると精神科のご厄介になることになります。

ところで、表の表情と裏の本心を自在に出し入れしてみせる達人がいて、それが俳優です。その微細で精巧な出し入れを観るだけでも芝居はおもしろい。そしてこの芝居に出演してくださったみなさんは、その達人中の達人たちでした。きっとたのしんでいただけたはずだと信じております。本日はありがとうございました。

（『the座』59号・二〇〇五年九月）

初演記録

木村光一の演出により、五月舎・紀伊國屋書店提携「井上ひさし江戸三部作連続公演」其の参として、東京新宿・紀伊國屋ホールにおいて、一九七九（昭和五十四）年十一月一日より同十五日まで十五日間に十六回上演された。

音楽・宇野誠一郎、美術・高田一郎、照明・古川幸夫、音響・深川定次、舞台監督・森源一、演出助手・黒木保仁、歌唱指導・宮本貞子、制作・本田延三郎。

配役はお園・懸賞句会の女・およね・織本花嬌に渡辺美佐子、五十嵐俊介・小林弥太郎・一茶に矢崎滋、飯泥棒・竹里・源助に塩島昭彦、金兵衛・大川立砂に金井大、忠八・懸賞句会金元・夏目成美に南祐輔、雲龍・雲水に二見忠男、善四郎・下っ引甲・幇間に菅沼赫、吾助・左官に蔵一彦、源七・行商人に松熊信義、藤六・句会の客に冷泉公裕、三蔵・下っ引乙に森下哲夫、弥二郎・岡っ引・織本嘉右衛門に仲恭司。

戯曲は『海』一九七九年十二月号に掲載され、昭和五十四年度第三十一回読売文学賞戯曲賞、昭和五十四年度第十四回紀伊國屋演劇賞個人賞を受賞した。

こまつ座第二十回公演記録

演出・木村光一、音楽・宇野誠一郎、美術・高田一郎、照明・服部基、音響・深川定次、歌唱指導・宮本貞子、宣伝美術・安野光雅、演出助手・北則昭、舞台監督・三上司、制作・井上都、瀬川芳一。

配役は五十嵐俊介・小林弥太郎・一茶に清水明彦、飯泥棒・竹里・源助にすまけい、金兵衛・大川立砂に金井大、お園・懸賞句会金元の女・およね・織本花嬌に三田和代、忠八・懸賞句会金元・夏目成美に穂積隆信、弥二郎・岡っ引・織本嘉右衛門に嵯峨周平、三蔵・下っ引甲に福松進也、善四郎・幇間・下っ引乙に星和利、雲龍・雲水に伊藤哲哉、吾助・左官に有福正志、源七・行商人に蔵一彦、藤六・句会の客に坂元貞美。

こまつ座第二十回公演・紀伊國屋書店提携公演として、東京新宿・紀伊國屋ホールにおいて、一九九〇（平成二）年九月九日より同二十二日まで十四日間に十八回上演。のち、北海道を皮きりに、東北、北陸、関東、中国、四国、近畿、東海地方を巡演。

こまつ座第七十八回公演記録

演出・木村光一、音楽・宇野誠一郎、美術・高田一郎、照明・服部基、音響・深川定次/秦大介、歌唱指導・宮本貞子、宣伝美術・安野光雅、演出助手・北則昭、舞台監督・三上司/木崎宏司、制作・井上都、高林真一、瀬川芳一。

配役は五十嵐俊介・小林弥太郎・一茶に北村有起哉、飯泥棒・竹里・源助に高橋長英、金兵衛・大川立砂に松野健一、お園・懸賞句会金元の女・およね・織本花嬌にキムラ緑子、忠八・懸賞句会金元・夏目成美に小林勝也、弥二郎・岡っ引・織本嘉右衛門に田中壮太郎、三蔵・下っ引甲に佐藤淳、善四郎・幇間・下っ引乙に島川直、雲龍・雲水に柴田義之、吾助・左官に吉田敬一、源七・行商人に永江智明、藤六・句会の客に大原やまと。

こまつ座第七十八回公演・紀伊國屋書店提携公演として、東京新宿・紀伊國屋サザンシアターにおいて、二〇〇五(平成十七)年九月八日より同二十五日まで十八日間に二十二回上演。のち、東北、北陸、関東を巡演。

解説

扇田昭彦

井上ひさし氏は実在の人物を奇抜な趣向で描くユニークな評伝劇を得意とする。平賀源内を主人公とする『表裏源内蛙合戦』（一九七〇年）ではじまった氏の評伝劇シリーズは、『道元の冒険』（七一年）、『しみじみ日本・乃木大将』（七九年）、『吾輩は漱石である』（八二年）、『頭痛肩こり樋口一葉』（八四年）、『泣き虫なまいき石川啄木』（八六年）などを次々に加えて成長し、すでに井上戯曲群の中心を占める大きな沃野を形づくっている。

そのなかには、主人公の名前が標題に出ない戯曲、たとえば宮沢賢治の生涯を追う『イーハトーボの劇列車』（八〇年）や、太宰治の青春を描く『人間合格』（九〇年）のような作品もあるが、たいていは主人公の名前を織りこんだ凝ったタイトルがついている。

『小林一茶』は、そのまれな例外である。なんの修飾語もなく、名前だけが鋭く、簡潔にぽんと投げだされている。このそっけないまでの簡素さの背後には、おそらく作者のつよい自信がある。俳句さながら簡素な標題のうちにすべてを込めたという自信である。

事実、一九七九年十一月、『藪原検校』『雨』とともに「井上ひさし江戸三部作連続公演」の一環として、五月舎のプロデュース公演で東京・紀伊國屋ホールで初演された『小林一茶』は、井上戯曲の代表作のひとつに数えられる見事な快作となった。初出は雑誌『海』一九七九年十二月号（中央公論社）。作者は『しみじみ日本・乃木大将』とこの作品によって第十四回紀伊國屋演劇賞個人賞と第三十一回読売文学賞（戯曲部門）を得た。

井上氏の台本の上がりは、例によって相当遅かったのだが、木村光一演出による初演の舞台成果はすばらしく、矢崎滋（一茶）、塩島昭彦（竹里）、渡辺美佐子（およね）、南祐輔（夏目成美）、金井大（大川立砂）らが活気にあふれた、心にしみる演技を見せた。かなり初期から井上氏の劇を好んで見てきた私自身にとっても、これはとくに愛着の深い作品、読みかえすたびに感銘を新たにする作品である。ことに文章にたずさわる人間にとって、人ごととは思えないひどく切実なものがここにはある。

簡素なタイトルとは対照的に、この劇にはおどろくほど多彩で凝った仕かけが何重にも施されている。一本の芝居のうちに、何本分もの芝居のアイデアと趣向を惜しげもなく注ぎこんでしまう井上氏の才気とサービス精神がもっともよく発揮された作品のひとつでもある。俳人小林一茶（一七六三〜一八二七年）の半生を旺盛な喜劇精神で味つけした伝記劇でありながら、意外などんでん返しを仕組んだ推理劇であり、劇中劇をふんだんに駆使した知的なメタシアター（演劇についての演劇）であり、俳句や連句の世界から見た日本論・日本人論であり、痛烈な中央集権批判、消費都市批判であり、そして何よりも実体のないことばに過剰な情熱を傾け、あさましいまでに競り合いのレースを演じる俳諧師たちから見た文筆業者の生々しい生態図でもある。

興味深いのは、虚構の仕かけにあふれたこの劇の登場人物が、意外にも脇役までふくめてすべて実在の人物を踏まえている、と作者が断言していることだ。初演の公演パンフレットに寄せた「作者の前口上」（『戯場』一九七九年十一月）にはこうある。

「小林一茶は生涯を通して熱心に句日記や句文集を書きつづけ、しかもその大部分が残っているので、いかに良い加減な作者《わたし》であるといってもこれらを無視するわけにはまいらぬ。そこで作者は珍しくその創作態度を改め、信濃毎日新聞社発行の『一茶全集』（全八巻）を何回となく通読し、一茶の評伝を何十冊も集めて机上に積みあげ赤鉛筆片手に精読をなし、正鵠を期した。したがってこの戯曲に登場する人物はすべて実在し、この戯曲の扱う事件はなににによらず史実である」

つまり、劇中劇の「お吟味芝居」に登場する人物たちまでふくめて、とにかく当時の史料に名前の残る人々を踏まえてこの劇は書かれた、と作者は言うのである。一茶と俳諧について門外漢の私には、作者のこのことばの真偽を判断する資格はない。だが、「前口上」でのへりくだったことばとは裏腹に、異常なまでの徹底した史料渉猟癖で知られる井上氏のことだから、「登場する人物はすべて実在」するということばは、かなりの程度信じてよさそうな気がする。

たとえば、一茶の終生のライバルとなり、抜きつ抜かれつの俳諧珍道中をつづける俳人の竹里も、一茶の『七番日記』に登場する実在の苅部竹里という俳人をもとにしている。越後の出身で、当時、江戸三大俳人とうたわれた金満家の夏目成美のもとに出入りし、文化三年から九年にかけて一茶とつきあいがあった。ただし、この劇で描かれているような一茶との宿命的なライバル関係や、およねをめぐって一茶、竹里、成美が織りなす愛憎の四角関係などは、作者の想像力の産物だろう。

このドラマの中心軸となるのは、文化七年（一八一〇年）十一月、一茶の『七番日記』に登場する夏目成美の本所の寮で起きた四百八十両の盗難事件の直後である。容疑者として禁足を食らった一茶の人間像をさぐるために、一茶をよく知る浅草元鳥越町の関係者が一茶の半生記を即席の推理劇仕立てで演じていくのだが、その果てに事態は二転、三転、仕組まれた意外なトリックと陰謀が明らかになっていく。劇中劇と劇外劇を往還しながらドラマが進むというメタシアターの方法をこれほどあざやかに使いこなしたウェルメイドな劇もまれである。

「すべてのものが二重に見える」というのはシェイクスピアの『夏の夜の夢』に出てくる有名なせりふだが、劇中劇と劇外劇が並行して進行し、出演者全員が劇中劇と劇外劇の両方の役を交互に演じるという点では、『小林一茶』も「二重」の相のもとにあるドラマだと言うことができる。これは実生活での名前と俳号を合わせもって「二重」生活を送る俳人たちの生態を描くにはとてもふさわしい方法である。

さらに、一茶と竹里というたがいに離れがたい二人の相似形のライバル＝分身が活躍する点でも、この作品は「二重」化されている。

もともと井上氏は対をなす喜劇的な二人組を登場させるのが大好きな作家なのだ。この笑いを誘う分身的なツインの流れは、『表裏源内蛙合戦』の表の源内と裏の源内、『道元の冒険』の道元とその夢にあらわれる新興宗教の教祖、『藪原検校』の杉の市と塙保己市、『それからのブンとフン』のブンと偽ブン、『たいこどんどん』の清之助と桃八、『しみじみ日本・乃木大将』の前足部分と後足部分に「馬格分裂」する三頭の馬たち……などすでにゆたかな系譜を形づくっている。

足の引っ張りあいを演じたり、けなしあってお互いをかろやかに相対化したりするこれらの双子的二人組は、井上氏の喜劇的複眼の思考の愛すべき産物といっていい。なぜなら、「喜劇の方法は必ず一義性の否定を含む」（井上ひさし「表裏現代喜劇合戦」）からだ。

だが、『小林一茶』における一茶と竹里の、たがいに相手を出し抜いて業俳（職業俳人）として文名をあげようと狂奔するライバル関係は、二人が作者自身と重なることばの表現者、つまり劇中の竹里のせりふを借りれば、ことばという「屁の支えにもならぬ頼り甲斐のない代物」に命をかける者たちだけに、凄絶ともいえる切実感をたたえている。「五七五のたった十七のことばと女とを秤にかける」非情とうしろめたさ。それを十二分に知りながら、愛する女性を犠牲にしてもことばを選んでしまうもの書き特有の傾いた情熱。

自分を束縛するおよねの愛を退けた一茶は、貧苦のなかでことばの道を徹底して歩み、しかも盗難事件を機に江戸俳壇という中心からはずれることで独自の境地を切りひらく。それに対して竹里は同じように俳句に激しい野心を燃やしながら、最後には「およねの傷の痛みをわが痛みと痛切に感じた」ことで、つまりことばよりも生身の女性を選ぶことで競争から脱落し、無名のまま市井に埋もれる。

一茶と竹里の軌跡はきわめて対照的だが、二人の対立とずれはおそらく作者自身の内面の葛藤を鋭敏に反映している。なぜなら井上ひさし氏は人一倍ことばに過剰な情熱を注ぐプロフェッショナルなことば遣いであると同時に、現実に悩み、苦しみ、途方に暮れる人間の痛みに無関心ではいられないタイプの作家だからだ。ことばの世界に徹底して執着する一茶。その非情さに耐えられず、俳諧＝芸術よりも人間を選ぶ竹里——二人はともに作者の心の二つの傾向をになう存在なのだ。

しかも氏は、この二つの方向が決してしあわせに共存するものではなく、むしろしばしば背反するものであることをよく知っている。現実の人間と世界をカッコに入れてしまう冷徹な自己中心の情熱がなければ、ことばの世界で大成することはむずかしい。逆に生身の人間の苦しみに深く共感するだけでは、虚構のゆたかさは生まれない。ヒューマニズムを公言する作家がもっとも利己的な欲望に忠実な人間であることは珍しくない。反対に平等主義にはおよそ冷淡な作家が、じつはきわめて心やさしく人間につくす人物であることもある。

争い、対立し、しかし離れがたい二人三脚の喜劇を演じつづける一茶と竹里は、おそらく作者自身のうちでも解決しがたい抗争をくりかえす親しい二人の分身、つまり井上氏自身の内面の楕円をつかさどる二つの中心なのだ。

こっけいで無残な永遠の競り合いをつづける一茶と竹里の姿が、井上氏のほかの戯曲の二人組には見られないほど親密な切迫感を漂わせているのも、そのためだ。だからこそ、作者は終幕近く、とらわれの身の竹里をいとしげに解放してやるのであり、江戸を捨てて故郷の奥信濃にむかう一茶の影を、幕切れの緞帳は「やさしくいたわるように」包みこむのである。

（せんだ・あきひこ／演劇評論家）

編集付記

一、本書は中公文庫『小林一茶』（一九九〇年九月）に関連作品を増補したものである。

一、『小林一茶』の底本には、同文庫（三刷 二〇〇五年六月）を用いた。「一茶との一夜」「一茶百句」「一茶・息吐くように俳諧した人」は『the座』16号（一九九〇年九月）、「後口上」は『the座』59号（二〇〇五年九月）、「キク月水」「作者の前口上」は中公文庫『聖母の道化師』（一九八四年四月）『悪党と幽霊』（一九九四年四月）、「小林一茶にみる言葉といのち」は『21世紀俳句パースペクティブ』（現代俳句協会、二〇一〇年三月）を底本とした。底本中、明らかな誤植と思われる箇所は訂正した。

一、本文中、今日の人権意識に照らして不適切な語句や表現が見受けられるが、著者が故人であること、執筆当時の時代背景と作品の文化的価値に鑑みて、そのままの表現とした。

中公文庫

完本《かんぽん》
小《こ》林《ばやし》一《いっ》茶《さ》

2020年3月25日　初版発行

著　者　井上《いのうえ》ひさし

発行者　松田陽三

発行所　中央公論新社
〒100-8152　東京都千代田区大手町1-7-1
電話　販売 03-5299-1730　編集 03-5299-1890
URL http://www.chuko.co.jp/

DTP　ハンズ・ミケ
印　刷　三晃印刷
製　本　小泉製本

Published by CHUOKORON-SHINSHA, INC.
Printed in Japan　ISBN978-4-12-206847-6 C1195

各書目の下段の数字はISBNコードです。978-4-12が省略してあります。

中公文庫既刊より

い-35-17
國語元年　井上ひさし
明治七年。「全国統一話し言葉」制定を命じられた文部官僚は、まず家庭内の口語統一を試みる。しかし屋敷中が大混乱に……大好評を博したテレビ版戯曲。
204004-5

い-35-18
にほん語観察ノート　井上ひさし
ふだんの言葉の中に隠れている日本語のひみつとは？「言葉の貯金がなにより楽しみ」という筆者のとっておき。持ち出し厳禁、言葉の見本帳。
204351-0

い-35-19
イソップ株式会社　井上ひさし　和田誠 絵
夏休み。いなかですごす二人の姉弟のもとに、毎日届く父からの手紙には、一日一話の小さな「お話」が書かれていた。物語が生み出す、新しい家族の姿。
204985-7

い-35-20
十二人の手紙　井上ひさし
転落した修道女の身も心もボロボロの手紙や家出少女の手紙など、手紙だけが物語る笑いと哀しみがいっぱいの迫真の人生ドラマ。新装改版。〈解説〉扇田昭彦
205103-4

い-35-21
わが蒸発始末記　エッセイ選　井上ひさし
軽妙なおかしみと鋭い批評眼で、小説・戯曲に劣らぬ傑作ぞろいの井上エッセイ。エッセイ集一〇冊の集積から選り抜いた、四一篇の思考のエッセンス。
205134-8

い-35-23
井上ひさしの読書眼鏡　井上ひさし
面白くて、恐ろしい本の数々。足かけ四年にわたり新聞連載された表題コラム34編。そして、藤沢周平、米原万里の本を論じる、最後の書評集。〈解説〉松山　巖
206180-4

い-126-1
俳人風狂列伝　石川　桂郎
種田山頭火、尾崎放哉、高橋鏡太郎、西東三鬼……。破滅型、漂泊型の十一名の俳人たちの強烈な個性と凄まじい生きざまと文学を描く。読売文学賞受賞作。
206478-2